NO VERMELHO

Arisson Tavares

NO VERMELHO

ILUSTRADO PELO AUTOR

COLEÇÃO NOVOS TALENTOS DA LITERATURA BRASILEIRA

novo século®

São Paulo 2013

Coordenação Editorial Nair Ferraz
Diagramação Dimitry Uziel
Capa Monalisa Morato
Ilustrações Arisson Tavares
Preparação Mila Martins
Revisão Equipe Novo Século

Texto de acordo com as normas do Novo Acordo Ortográfico da Língua Portuguesa (Decreto Legislativo nº 54, de 1995)

Dados Internacionais de Catalogação na Publicação (CIP)
(Câmara Brasileira do Livro, SP, Brasil)

Tavares, Arisson
No vermelho / Arisson Tavares. -- 1. ed. --
Barueri, SP : Novo Século Editora, 2013. --
(Coleção novos talentos da literatura brasileira)

1. Ficção brasileira I. Título. II. Série.

13-04910 CDD-869.93

Índice para catalogo sistemático:
1. Ficção : Literatura Brasileira 869.93

2013
IMPRESSO NO BRASIL
PRINTED IN BRAZIL
DIREITOS CEDIDOS PARA ESTA EDIÇÃO À NOVO SÉCULO EDITORA LTDA.
CEA - Centro Empresarial Araguaia II
Alameda Araguaia, 2190 - 11º Andar
Bloco A - Conjunto 1111
CEP 06455-000 - Alphaville - SP
Tel. (11) 3699-7107 - Fax (11) 3699-7323
www.novoseculo.com.br
atendimento@novoseculo.com.br

Dedico esta obra a todos os fãs que ganhei por meio da minha *Evolução Decrescente*. Aos que me acompanharam, motivaram, incentivaram, elogiaram ou até mesmo me ouviram novamente. Em especial à Tuanne Mirely pela revisão da obra e à Editora pela oportunidade. Dedico este livro a familiares e amigos que, de certa forma, são os culpados por essa insanidade.

Obrigado!

PREFÁCIO
(ou “pré nada fácil)

No final de 2012 o sinal ficou vermelho para mim. Recebi um convite. Ou melhor, uma honraria. Título de PhD. A minha coroa pessoal cravejada de rubis. Uma responsabilidade escarlate - escrever o prefácio de um escritor jovem e muito competente - Arisson Tavares. Ciente dessa atribuição, honrei o compromisso. E humildemente agradeço tamanho mérito.

Escrever esse prefácio foi uma catarse. Lembrou-me quando discutíamos temas de Comunicação Social e ele, jovem estudante de Jornalismo, se colocava de forma ácida, sagaz e irônica. Combinação que prometia. Ou melhor, que promete.

Arisson sempre foi um mestre para mim. Seja na sua palavra ou em sua luta em publicar. Em seus comentários sempre pertinentes. Brilhante e genial na sua eterna tradução do mundo, das pessoas, do universo ao seu redor; trouxe para nós uma condição que se apresenta desde os primórdios - a do vermelho. Isso mesmo, vermelho.

Essa é a cor do momento. Não é o vermelho envergonhado. Não fala de uma crise econômica. De um caos social. É um escarlate revolucionário. É um rubro libertador, longe de apologia partidária. Aquele que nos deixa no centro do alvo e torce para que o atirador tenha conflitos com a maldita mira

– são palavras do Arisson. O autor é o juiz, que com o cartão vermelho alerta: pare! Há outra forma de enxergar a vida. A rubra que prevalece.

O livro apresenta crônicas cheias de humor com temas diversos – futebol, velhice, rock, pichação, dieta, engarrafamento, tatuagem, carnaval, *bullying*, horário político, trânsito, relacionamentos, fumo e até mesmo capitalismo. Todos no vermelho. A cor prevalece. Tal qual afirmou para mim Rodrigo Jorge, fotógrafo das cores: é aquele sinal vermelho para parar um pouco e se divertir com o factual que se observa.

Esse "estar no vermelho" agrega algo mais: uma oportunidade. Muito além de embutir o sentido de doença, falta de dinheiro; possibilita uma mudança. E de forma divertida, Arisson O Grande, como é conhecido nas redes sociais, nos apresenta um universo vermelho, de infinitas possibilidades. E de garantidas risadas, em um texto leve, coeso, divertidíssimo e agregador. É literalmente sair do vermelho. E entrar nele novamente. Uma maravilha!

Em uma coincidência cabalística, e insana – palavras dele mesmo, o livro *No vermelho* ficou pronto em 12/12/2012. Quem ganha? Todos – escritor, leitores e essa pessoa que vos escreve. Tive a oportunidade de ser apresentada a uma grande obra literária. E convidada a uma leitura que diverte, nos faz pensar, e que mobiliza. *No vermelho* é a tradução da confiança, da coragem e atitude otimista à vida. São qualidades rubis que expressam a obra e seu autor.

Boa leitura!

Daniela A. Rabelo
Professora e farmacêutica

SUMÁRIO

No vermelho 11
O dia finito 17
Missão de exploração à Lua nº zero-zero-zero-um 21
Futebologia 25
Quem é esse tal de rock? 27
Akuarela 29
Marcação de território 33
O velho Oeste nunca mais será o mesmo 37
O homem de plástico 41
Fim dos tempos 43
Pais e filhos 45
O amor segundo quem nunca amou amar o amor 49
Fúnebre 51
Regime, quase militar 53
A canção que era minha e sua 57
Um tempo 59
Em cartaz: o horário político 63
Lanterna rosa choque 65
O conceito de "ficar" 67
Bullyingnorância 69
Os super-heróis brasileiros 71
Alerta deprimente! 73
A mulher que não tinha nome 75
A desculpa é exatamente a desculpa 77
Experimento 79
Pela sobrevivência da espécie 81

O amor tecnicamente impossível 85
Matando aquela tal de esperança 87
Dia de o Orgasmo brochar 89
Sonho bom 93
Baratologia insetística moderna 95
As marcas 97
Acorrentado 101
Tiozão 103
Capetalismo 105
Fumocídio 109
Transitonia 113
As chaves 115
O homem da casa 117
O previsor 119
Coincidências ou com incidências? 121

NO VERMELHO

Todos nós conhecemos esta fase: "no vermelho". Experimentamos esse transe ou até mesmo tememos essa situação. Estar nesta condição é mais complexo que uma crise econômica ou social. Talvez a definição mais sóbria seja de clímax da junção dessas crises. É exatamente isso: o ato de estar no vermelho é ficar no centro do alvo e torcer para que o atirador tenha conflitos com a maldita mira.

Estar no vermelho não é considerado doença, mas pode trazer complicações para o portador desse mal. A falta de dinheiro, por exemplo, pode causar perda de apetite. Você entra no restaurante *self-service*, morto de fome, mas come apenas uma saladinha para economizar. Outro problema causado pelo clímax dessa anomalia socioeconômica é a indisposição. Um amigo pode até te chamar para um show da sua banda favorita que não haverá motivação para sair.

Um dos sintomas mais comuns nesse caso são as bochechas avermelhadas. Você está no meio de um almoço em família na sua casa e seu sobrinho de sete anos te lança aquela pergunta que dedetiza o ar com fraternicida:

– Tio, você está namorando?

– Como? – com uma cara de "É comigo?".

– Perguntei se você está namorando.

– Você quer dizer, tipo, com outra pessoa?

O garoto pensa e responde com ironia:

– É. De preferência.

Você olha ao redor e percebe que não é só o seu sobrinho pentelho que espera a sua resposta. O silêncio na mesa revela os curiosos que estão famintos para se deliciarem, durante aquele almoço, com uma gota de pimenta nos olhos dos outros.

– Não. Por que essa pergunta assim, do nada?

O menino sorri:

– É que eu encontrei isso aqui no chão do seu quarto. É da sua namorada?

Seus olhos se lançam na direção do sutiã na mão da criança.

– Isso é uma roupa íntima? – pergunta espantada a sua avó, causando um eco de comentários dos outros parentes.

– Ah! Hã, isso? Não. Claro que não.

Você toma o suporte estético feminino da mão do garoto, que corre para outro canto da sua casa.

– Parece mesmo um sutiã, vovó – comenta o seu primo analisando a peça íntima à distância.

– Eu tenho uma explicação lógica para isso. Esse sutiã deve ser da vizinha. Eu devo ter pegado sem querer junto com a roupa no varal do condomínio e derrubei no caminho. Sei lá. Essas coisas acontecem.

O reverendo abaixa a cabeça ao imaginar a vida pagã e as orgias que deviam acontecer naquela casa. Sua mãe demonstra preocupação:

– Por isso meu filhinho está tão magrinho.

– Mãe, não é isso. É que... Bem...

Nesse instante, seu sobrinho pentelho passa correndo com mais uma descoberta maravilhosa:

– Legal! Balão! – diz enquanto assopra uma camisinha.

– Me dá um! Eu também quero! – grita outra criança puxando um pacote da tira de preservativos.

– Filho, larga isso! – grita a mãe do garoto.

– Você devia guardar melhor essas coisas – seu primo comenta sorrindo.

– E eu guardo. Estava muito bem guardada dentro da minha gaveta de cuecas.

O reverendo faz cara de espanto:

– Então elas são suas mesmo?

Com certeza essa resposta influenciará sua reputação de "rapaz certinho" e deturpará sua imagem diante da família.

– Hã.... Tá legal. Vou abrir o jogo. São minhas.

A grande família comenta entre si essa afirmação. A máscara caiu. O problema é que quando se está no vermelho tudo que se faz ou diz pode e será usado contra você.

– As camisinhas são minhas, mas são apenas por segurança.

– Aê, primão, pegando geral a mulherada do bairro, hein!

– Não! Não é isso. Que fique bem claro que não tem mulher nenhuma nessa história.

– Não tem mulher nenhuma? – pergunta a mãe com a mão no coração. – Quer dizer que o meu filho traz homens para essa casa?

– Hein? Não, mãe! Claro que não!

A pobre mulher passou mal com a revelação e precisou do apoio do reverendo para chegar ao sofá.

– Mãe, amarra para mim! – grita a criança estendendo o balão sem receber atenção nenhuma.

– Agora estou entendendo tudo. Esse sutiã então é seu – diz o primo que você não sabe explicar por que não matou ainda.

Vários comentários entre a família. Cochichos e algumas piadinhas. Você olha ao redor, aflito. Sente a pressão arterial aumentar. O globo ocular tentando pular para fora do corpo. Batimento cardíaco acelerado. Chegou ao auge da sua macropaciência. Sua cabeça parece absorver tudo e está a um ponto de explodir.

– Meu Deus! E eu pensando que ele estava magro por conta das mulheres – comenta a sua mãe ainda com a mão no peito e respirando com dificuldade.

Aquelas palavras atingiram seu ponto G e uma espécie de orgasmo de estresse aconteceu:

– Ahhhh! Parem com isso!

O seu grito enfurecido silenciou todos na sala.

– É isso mesmo! As camisinhas são minhas e esse sutiã é de uma garota que dormiu ontem comigo. E o principal: não estou nem aí para o que vocês pensam!

Após a explosão nostálgica, um silêncio. Sua face rígida se desfez e, como um bêbado durante a ressaca, você retomou a consciência de seus atos. A sua fúria passou para outra pessoa que veio em sua direção e te deu um tapa na cara:

– Como você tem coragem de dizer isso depois da noite de antes de ontem? – diz a filha do reverendo enquanto você se recompõe.

A garota sai e a febre passa para o pai religioso, que caminha lentamente em sua direção: aumento da pressão arterial; globo ocular saltando para fora do olho; batimento cardíaco acelerado. E você apresenta mais um sintoma da anomalia: suor frio. O recomendável no caso de apresentar esse sintoma é correr. Correr muito.

ARISSON

O DIA FINITO

Pereira abriu os olhos e reconheceu o teto do seu quarto. Mais um dia e a luta já começava cedo. O relógio na parede da sala provou o que o sol lá fora já denunciara. De pé, ele já estava havia um tempo, mas acordado mesmo só depois do banho gelado e do café da manhã reforçado oferecido por Pilar, sua esposa.

Como já era de costume, só deu tempo de beliscar algumas coisas sobre a farta mesa, enquanto falava ao celular. Ainda com o aparelho no ouvido, abraçou a mulher e lhe deu um beijo apressado. Ela ajeitou sua gravata e ele saiu como em todas as manhãs. Se soubesse o valor desse momento talvez tivesse aproveitado um pouco mais.

O dia foi estressante, mas, para sua sorte, finito. Ele colocou o carro na garagem e, ao fechar a porta, percebeu que o carro não parecia mais tão novo. Após um processo de rotação ao redor do veículo e uma análise apurada, o homem da casa entrou em seu refúgio. Lar, doce lar. Naquele local, estava livre da corrida do cotidiano de um funcionário público. Enquanto afrouxava um pouco a gravata que o sufocava, sentia o cheiro do jantar servido na mesa.

– Hoje eu fiz lasanha – disse uma senhora caminhando em sua direção.

Pilar trocava de empregada como se troca fralda de bebê. Bastava uma merda ser feita e lá estava uma nova, em ambas as situações.

– Olá! Sou Pereira. Você deve ser a...

A velha lhe deu um beijo e a frase ficou inacabada. Mais estranho que uma velha te beijar do nada é saber que aquele beijo não tinha nada de diferente. Ele conhecia bem aqueles lábios. O sorriso belo que deixara de manhã foi substituído por uma dentadura. O gosto de Corega na boca ainda incomodava o rapaz.

– Você deve estar cansado. Vamos comer antes que esfrie.

Ele lavou as mãos e se sentou observando aquela senhora que não tirava os olhos dele em nenhum momento.

– Nossa! Tanta comida! – disse Pereira, desconcertado.

O jogo de pratos e talheres era diferente. A toalha da mesa era mais colorida. Ele afrouxou mais a gravata. Sentia-se sufocado.

– Crianças! Desçam logo! A comida já está na mesa!

A respiração acelerou. A causa não foi o grito da mulher, e sim o fato de não terem filhos. Três crianças desceram as escadas correndo e chegaram à mesa sorrindo. Como isso aconteceu? A gravata estava totalmente aberta, mas continuava sufocando.

– Tudo bem, amor?

Ele gesticulou com a cabeça e sorriu meio desatento com as crianças que pararam à sua frente. Não sabia o que dizer naquele momento sobrenatural.

– Hãã... Oi?

Elas saltaram sobre ele dando um forte abraço.

– Oi, vovô! Trouxemos um presente pra você.

Ele precisava de um tempo para assimilar todas aquelas informações. Pegou o copo e tentou beber um gole d'água. Não dava para engolir aquela verdade crua, mas, quem sabe, com água descia. Pilar, de certa forma, ajudou o marido:

– Depois, meninos. Depois do jantar vocês mostram.

Agora se sentem para comer.

A comida estava ótima, mas ele não reparou no sabor. Não parava de observar aqueles três garotos que contavam como era legal ir durante as férias para a casa da vovó. Pilar mantinha a mesma doçura e o mesmo carinho que o fez casar tão cedo.

– O Vitor disse que vai ficar até mais tarde no trabalho e amanhã ele passa cedo aqui pra pegar os meninos.

Vitor. Aquele nome fazia parte de suas brincadeiras de namoro. Ele dizia que seria o nome do seu primeiro filho e que ele seria um grande jogador de futebol.

No fim do jantar, ele subiu e se olhou no espelho. Os cabelos brancos, as rugas, os olhos caídos... Como aquilo aconteceu tão rápido? A vida passou em um piscar de olhos. Ele saiu do banheiro e olhou alguns porta-retratos na cabeceira da cama. Seu filho, Vitor, cresceu tão rápido... As fotos do casamento retratavam o momento mais especial de sua vida como pai. Passou tão depressa... Pilar terminou de lavar a louça e os dois se deitaram. Pereira reconheceu o teto, mas apenas o teto. O cronograma já estava montado: tinha de acordar cedo e perder mais um pouco de sua história em mais um dia finito.

ARISSON

MISSÃO DE EXPLORAÇÃO À LUA nº ZERO-ZERO-ZERO-UM

UM DIA DIFERENTE. O sol nasceu no mesmo lugar e nada saiu dos trilhos. A vida seguia como sempre. O cotidiano continuava cotidiano. Porém, algo laborioso aconteceu. Era o capitalismo que engatinhava. O futuro que se mostrava promissor.

Na sala, um silêncio. Até o bebê parou de chorar. Na televisão quadrada, várias imagens em preto e branco. Um homem vestido com coloração branca-prata, que lembrava o *Prince* e com um aquário na cabeça, tornava-se famoso. Ele era o primeiro a dar um passo na Lua.

Anos depois, o Brasil faz o mesmo trajeto. A equipe em terra tenta entrar em contato com os astronautas:

– Alguém tem o número do celular deles?

– Não, senhor. E, mesmo que tivéssemos, as operadoras não dão sinal aqui. Imagine no espaço!

O chamado vem do outro lado da sala:

– Comandante, estou recebendo uma chamada da nave da expedição.

– Receba e coloque nos alto-falantes.

O jovem digitou uns códigos no computador e logo todos

ouviam, em bom timbre, uma música bem popular. Após a melodia, uma voz feminina dizia: "Chamada a cobrar. Para aceitá-la continue na linha após a identificação. Tchu-ru":

– Expedição de número zero-zero-zero-um, estão na escuta?

Silêncio apreensivo. Já estavam havia um bom tempo sem comunicação. Temiam o pior.

– Aqui é o Marquinhos, líder da expedição de exploração da lua número zero-zero-zero-um. Tivemos alguns problemas no pouso e, por isso, ficamos sem comunicação. Mas já iniciamos os reparos.

A equipe de controle comemora os progressos.

– Marquinhos, aqui é o comandante. Pode me ouvir?

– Sim, senhor. Alto e claro.

– Tenho algumas perguntas de ângulo científico para fazer. Antes de começar, quero saber se está pisando agora na Lua.

– Positivo, senhor. Estou com meus pés no solo luístico.

– Ok. Responda-me então à primeira pergunta: a Lua é de queijo ou só parece?

– Parece mais com areia, senhor.

– Tem gosto de queijo?

– Não sei, senhor.

– Experimente, então.

– Não posso, senhor. Estou com capacete.

– Ok. Traga então uma amostra para pesquisa. Segunda pergunta: ao seu redor tem alguma dieta?

– Não, senhor.

– Droga.

– Por que, senhor?

– É que a dieta da minha mulher foi para o espaço e eu pensei que a gravidade da Lua tinha puxado.

– Bem, senhor, a gravidade daqui é bem menor que a da Terra.

– Isso quer dizer que, na Lua, se um repórter quisesse acertar um sapato no Bush ele iria esquivar de novo?

– Hããã... Acho que sim, senhor.

– E se um gordinho fosse à Lua, ele daria um mortal ou uma cambalhota com facilidade?

– Provavelmente, senhor.

– Então é impossível dançar a "velocidade cinco do créu" no espaço?

– Hein? Acho que não entendi a pergunta.

Um jovem do outro lado da sala interrompeu a conversa construtiva:

– Comandante, o sistema de vídeo já foi reparado. Estou recebendo imagens do espaço em tempo real.

– Ponha no telão.

No monitor, todos viam Marquinhos colocando a bandeira brasileira no solo estrangeiro. Momento histórico. Após isso, o brasileiro levantou a camisa externa exibindo uma mensagem na blusa de baixo que dizia: "Mãe, eu te amo!".

– Atenção, Marquinhos. O objetivo da missão foi alcançado. Estou dando autorização de retorno para a expedição de exploração à Lua número zero-zero-zero-um.

– Ok, senhor. Vamos apenas terminar os reparos.

– Há mais alguma coisa que eu possa fazer por vocês?

– Tem sim, senhor. Será que pode fazer umas ligações para mim?

– Claro que sim. Diga.

– Bem. Primeiro preciso que ligue para a Nasa e peça um guincho, que a coisa aqui tá preta. Depois você liga pra minha mãe e diz que eu vou chegar tarde hoje e, se ela sair, deixar a chave na casa da Maria. E, por último, ligar para o telepizza e pedir na conta do Antônio que está com a gente aqui na expedição. Acho que é só isso mesmo. Obrigado, viu?

FUTEBOLOGIA

É TEMPO DE PINTAR A CARA de verde e amarelo, de dublar o hino nacional antes das partidas e de ouvir o Galvão Bueno e seus comentários, que são mais insanos que os meus. Entregamo-nos a uma paixão futebolística. Sentimos o coração bater mais forte. Se for para ficar triste, feliz ou estressado, que seja em excesso. Os sentimentos são exagerados.

Futebol não é só um monte de cara suado com uma bola de nome engraçado. Futebol é duelo, desafio. Nós sentimos a adrenalina dos nossos gladiadores, percorremos o campo junto com eles e até chegamos a gritar como se eles pudessem ouvir as correções. Viramos técnicos, treinadores tensos. Sentimos a dor de cada trombada e fazemos careta quando um jogador permanece no chão. Parece até que acertamos o dedo mindinho na quina da mesa quando vemos o replay do lance.

Assistimos ao jogo sentados, mas basta um lance bonito para levantarmos e pularmos. O gol pode ser mixuruca ou de placa, é hora de comemorar. Abraçamos a sogra – nessa hora somos todos iguais. Inventamos danças, palavrões e gritamos, gritamos muito. É um bom momento para desabafar, liberar o que estava preso. Se você está grávida ou tem outra opção sexual e quer contar para a sua família, aproveite essa hora nostálgica.

Não existe um juiz perfeito, sempre arrumaremos um motivo para falarmos mal da mãe dele. Se alguém tem de levar a culpa, esse alguém será o árbitro do jogo. Não nos julguem pelo que fazemos; queremos apenas falar tudo que está engasgado. Não temos nada contra a pobre mãe dele, são apenas sentimentos reprimidos.

Para nós, torcedores, a partida não acaba quando o juiz apita. É hora dos churrascos, das festas, dos fogos de artifício e das piadinhas com os torcedores do time perdedor. É tempo de ser verde e amarelo. É tempo de ser brasileiro.

QUEM É ESSE TAL DE ROCK?

Ah é, hoje é um dia especial. Dia do rock, né? Hummm... Sempre fui fã dele. Rock Balboa é massa. Como? Não é ele? Quem é então esse tal de rock? Ah, já sei. É o antigo assistente do Silvio Santos. Também não é ele? Calma aí. Não fala não, hein. Lembrei! É aquele ator que faz o "Bem-vindo à selva"! Não é? Putz. Então, quem é? Quem é esse tal de rock in roll?

Realmente, tem coisas que nem Pink *Froyd* explica. O que sei é que rock é uma espécie de espírito ou alma. Um *karma* liberto nas mentes que autorizam sua entrada. É uma viagem em que não é necessário passaporte. É o que faz a cena de ação se transformar em adrenalina. É crítica. É rebeldia.

As coisas tornam-se mais interessantes quando o rock participa. Imaginem como seria o Teletubbies se a trilha sonora fosse cantada pelo Led Zeppelin. O solzinho colocaria a língua pra fora e gritaria estilo Axl Rose. A plateia, formada por quatro monstrinhos fofinhos, gritaria entusiasmada: "De novo! De novo!".

Todo mundo tem sua alma roqueira. Tenho quase certeza que, no fim do show do Calypso, o Chimbinha quebra a guitarra. Agora sim, estou experimentando a amplitude de um mero estilo musical. A pergunta agora não é mais "Quem é esse tal de rock?" e, sim, "Eu ouço Foo Fighters ou The Offspring?". Na dúvida, vou de música nacional, com Capital Inicial.

AKUARELA

As cores são místicas. Luzes que viajam a Via Láctea rebatem em algo e são lançadas sobre nossos sensíveis olhos. O nome das cores assimila seu rótulo ou suas características físicas, mas algumas dúvidas prevalecem por séculos e, ao desprendermos da concepção de lógica, nada mais se encaixa.

Quando ouvimos *laranja* nos prendemos à imagem da fruta. Laranja vem da laranja, mas de onde veio a ideia anormal de colocar o nome da fruta? O mesmo acontece com as cores *abóbora, ameixa, caqui, damasco, jambo, lima, limão* e *pêssego*. Dá pra produzir uma salada de frutas em uma paleta de cores.

Para os viciados tem a *chocolate*, para diabéticos tem salada com *tomate* e *milho*. Tem *creme*, *salmão* e uma *cereja* em cima para decorar. Infelizmente, ainda não criaram a cor *sal* para temperar essa misturança.

Acho que entendi o conceito de *rosa-choque*. Você que é pai ou mãe também vai entender. Imaginem uma conversa. Seu filho chega vestido de rosa e diz: "Pai. Sou gay". Nada contra o homossexualismo. Queira ou não, isso é um grande choque.

Qual será a diferença entre as cores *água* e *água-marinha*? Uma tem cloro e a outra tem algas na mistura? O mais estranho é que ainda existe uma cor chamada *água-marinha média*. Será que é igual a gasolina? Água do mar batizada. Essa aí é pirata, hein...

Se o fogo é *amarelo*, como se explica o *amarelo--queimado*? Se for assim, ela não é uma cor primária. É preciso misturar a cor *madeira* com a cor *marfim* e ter um isqueiro ou um fósforo na mão.

Branco-fantasma deve ser uma cor fictícia. *Branco-fumaça* é a cor daquele bafo que sai nos dias frios. A pigmentação mais clara dos filmes em preto e branco é o *branco-antigo*. Põe antigo nisso. Só não é mais antigo que o racismo. Será que seria melhor se mudassem o nome para "filmes em afrodescendente e branco" ou "filmes em cores unidas sem preconceito"?

O azul tem mais derivados que o Didi Mocó tem filme. Tem *azul-celeste*. Claro demais? Tem o *azul-céu-profundo*. Com câimbra de olhar pra cima? Tem o *azul-marinho*. Triste? Tem o *azul-camarada*. Não é autossuficiente? Tem o *azul-petróleo*. Até se você estiver com fome tem solução: um pãozinho com *azul--manteiga* é tudo de bom.

Se existe o azul, me explique o porquê da existência do *azul-real*. O azul tem mais versões que o Windows. As cores mais velhas que existem são, com certeza, a *ferrugem* e a *fuligem*. Dizem que para não enferrujar tem de passar tinta em cima. Se eu pintar de cor *água* acontece o quê?

É. O melhor que eu faço é pegar minha paleta e fazer um *mamão-batido*. Hummm! Nada melhor que uma salada de frutas bem colorida.

Cores vivas
até demais!
Tinta
ARISSON

MARCAÇÃO DE TERRITÓRIO

Já existiam vestígios de sua existência na Antiguidade. Os inscritos no muro da cidade da Pompeia, preservados graças a erupções do vulcão Vesúvio, continham xingamentos, poesias e até propaganda política, já que na época não existiam horários políticos. Na Idade Média era a vez dos padres. Eles pichavam muros de conventos rivais para expor ideologias ou até mesmo criticar doutrinas alheias. Enfim, a pichação sempre foi motivo de polêmica ou protestos. Temos como exemplos maduros a Revolta Estudantil de 1968 e o Muro de Berlim, frutos da agilidade que o aerossol trouxe.

Porém, atualmente, pichação é como urinar, para um cachorro. Marcação de território é a melhor definição. As disputas pelo controle do tráfico de drogas destroem a imagem real das cidades. O que antes era revolução, agora é vandalismo. Um ataque ao patrimônio público, sujeito à multa ou até mesmo prisão. Um crime ambiental, segundo o artigo 65 da Lei 9.605/98. Isso tudo sem levar em consideração que o aerossol é também um poluente.

De certa forma, me sinto feliz pela invenção do aerossol. Seria muito nojento se um jovem urinasse na minha parede para marcar território. Provavelmente, os infratores também concordam que o spray é mais conveniente. Se as autoridades chegarem, fica mais prático fugir. Imaginem os pichadores correndo e fechando a braguilha às pressas. Risco iminente. A polícia também agradece. Algemar alguém que não lavou as mãos após fazer o serviço se torna até motivo de greve para aumento do salário.

Seria tão solidário da parte dos pichadores se pedissem autorização para suas artimanhas! Imagine que belo exemplo de cidadania. Um rapaz peculiar bate na porta de uma casa, em especial às três da manhã:

– Olá, senhora. Sou um pichador aqui da cidade e gostaria de saber se eu posso decorar a sua parede para divulgar nosso trabalho social. Trabalhamos com crianças aqui da região.

A mulher espia por uma brecha o jovem importuno:

– Que belo trabalho! E qual é o nome do projeto?

O rapaz abre um sorriso marqueteiro e responde motivado:

– Boca de fumo do Zé Pindaíba.

A senhora fecha o pequeno espaço que existe na porta. O jovem pergunta novamente. Lembra um flanelinha fornecendo serviços de limpeza de vidro de carro. Nenhuma resposta é registrada. O infrator abre a braguilha furioso e escolhe o alvo:

– Eu tentei ser pacífico. Eu tentei.

PICHAR
ARISSON

O VELHO OESTE NUNCA MAIS SERÁ O MESMO

IMAGINE-SE NO BAR. Uma bebida forte. Quem sabe um leite integral. Desnatado é para mocinhas. Você está apreciando um gole quando entra um homem estranho no estabelecimento. Você continua comendo seu Sucrilhos e nem olha.

– Onde está o Xerife?

Nenhuma reação. Todos no bar parecem não ver o valentão.

– Eu perguntei onde está o Xerife!

Um senhor apoiado no balcão se vira e encara o estrangeiro. Ele não precisa se identificar, pois a estrela no peito já revela sua função.

– O que você quer?

O valentão dá um sorriso amarelado usando apenas um lado da boca.

– Estou procurando alguém corajoso o bastante para duelar comigo e me disseram que você é o mais rápido da cidade.

O Xerife vira a bebida em um gole só e bate o copo no balcão, deixando à vista um bigodinho de nata de leite.

– Então vamos logo com isso. Quero assistir ao filme do Jackie Chan na *Sessão da Tarde*.

Eles caminham para a frente do bar e são acompanhados

pelos cachaceiros, que não têm nada melhor para fazer no horário do *Vale a pena ver de novo*. Você se assusta com o risco de bala perdida e olha por uma brecha na janela suja.

– Vocês não têm medo de saírem baleados do duelo deles?

Um dos cowboys curiosos responde com um sorriso:

– Eu não. Vim foi do Rio. Já vi coisa pior. Pelo menos aqui não tem gás lacrimogêneo.

Pelo vidro empoeirado, você olha os dois. O Xerife mantém um ar de experiente, além de apresentar um físico de Seu Madruga e um bigodão de Mario Bros. Devia estar com calor debaixo daquela camisa social branca com listras pretas. Um colete por cima dava o espírito de *Faroeste Caboclo*. Ele realmente tinha uma voz que lembrava o Renato Russo.

O adversário, de costas para o Xerife, tinha uma cicatriz na face. Algo que nem o Doutor Hollywood seria capaz de corrigir. Uma barba de náufrago. Sua cara passava medo à população da cidade. Parecia não ter medo de nada. Sem sentimentos e sem pureza no olhar.

Eles começam a andar, distanciando-se cada vez mais. O som surreal das esporas a cada passo. Um movimento brusco e um estouro de pólvora. Você fechou os olhos e não viu o resultado; ao abri-los, os dois continuam de pé. Um clímax de filme de Faroeste. Ninguém se move.

– E aí? Quem morreu?

Ninguém responde. Todos continuam curiosos. O Xerife se toca procurando um buraco de bala. A mão cheia de sangue afirmava o que antes era suspeita. Caiu de joelhos e olhou para o seu oponente. O valentão tentava manter-se de pé, mesmo com o peito ensanguentado. Antes de cair por completo, o chefe da cidade disse em voz alta para todos os curiosos:

– Mas que merda! Quem inventou essa forma boba de duelo?

A plateia volta para o bar e bebe como se nada tivesse

acontecido. O garçom se estressa.

– Vocês por acaso não viram o que aconteceu? O Xerife morreu. E agora? Vocês já pensaram nisso? E se aparecer outro valentão?

Todos ficaram em silêncio. Logo, um processo de escolha para um novo comandante começou. Várias pessoas levantaram a mão na hora, candidatando-se à vaga. O garçom ficou em uma situação difícil.

– Vamos resolver isso da forma mais democrática possível. Vamos sair e duelar. O último de pé será o novo xerife.

O NOVO OESTE

SAQUE A SUA ARMA
NO CAIXA MAIS PRÓXIMO...

O HOMEM DE PLÁSTICO

O BRILHO NO SEU ROSTO provava sua característica incomum: a ausência de vida naquele corpo. Seu coração pulsava, reação humana, mas não por execução da natureza. Uma estrutura detalhada, resultado de anos de cálculos.

Mas nem seus criadores conseguiriam compreender o sentimento de vazio que expandiu no interior daquele ser inorgânico. Não sentia dor, nem sequer tristeza. Era um sentimento diferente e involuntário. Faltava-lhe algo. Como se não encontrasse em si uma personalidade.

Buscava uma lógica para aquele rosto molhado. Ele empurrou o cabelo longo dela na direção da orelha. Ela o encarou como se buscasse vida, característica humana. Ele fez um contorno com a ponta do dedo naquele olhar inchado, capturando resíduos de lágrimas. A menina continuava a observá-lo. Os dois registravam descobertas. Ele percebeu no chão aquele corpo inerte e se comparou à incapacidade daquele ser.

A criança o abraçou com força e se desfez em lágrimas. Ele permanecia limitado a ser envolvido. Não é preciso ser um humano para sentir apego ou sentir a ausência. Pela primeira vez, aquele homem de plástico se sentiu vivo. Sentia o sangue passar mais depressa. Sentia o palpitar. Mas não era seu coração que pulsava, e sim o da menina.

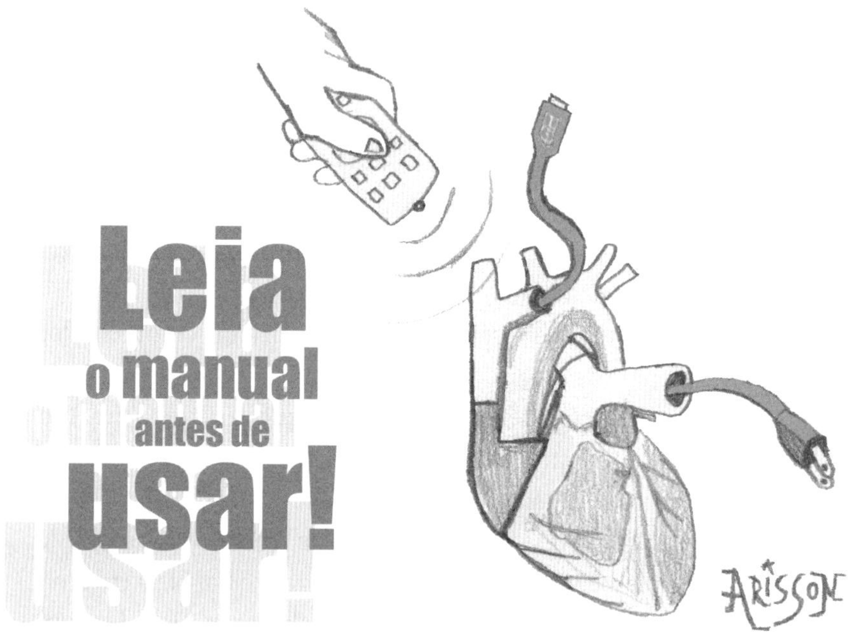

FIM DOS TEMPOS

REGINALDO CUMPRIA SEU EXPEDIENTE quando sentiu a terra tremer. A primeira reação que teve foi segurar firme o monitor. A segunda foi se abrigar debaixo da mesa:

– Terremoto! – exclamou para sua assistente, Mariana.

A Dona Zuleica, do cafezinho, entrou na sala com fone de ouvido curtindo os clássicos do Roberto. Viu a sala vazia e foi dando meia-volta. Ao ver alguns funcionários correndo pelo corredor, ela jogou a bandeja para cima e sumiu de cena antes que a mesma tocasse o chão.

– Fogo! Fogo! Salve-se quem puder!

Pelo volume da voz abaixando, dava para prever que a Dona Zuleica já estava bem longe. Encontravam-se no quinto andar e o elevador não era uma boa saída. A melhor opção seria permanecer debaixo da mesa.

– Mariana! Está tudo bem aí?

Nenhuma resposta, mas percebeu o vulto dela correndo na direção da porta. Estava sozinho. O bom capitão sempre afunda com o seu navio e, como chefe, era óbvia a sua próxima ação: ele correu feito um condenado pelas escadas e derrubou uma senhora no corredor.

Com o prédio evacuado, apareceu a imprensa. A polícia e os bombeiros também foram ativados. Após um levantamento perceberam apenas uma pessoa ferida. A vítima era Mariana, com várias queimaduras de café. Enquanto ela era atendida, gritava pedindo um telefone para entrar em contato com os filhos. Reginaldo ofereceu seu aparelho celular à secretária:

– Foram minutos de tremor, na verdade foram cinco vezes. Tentei equilibrar a bandeja, mas era muito forte. É o fim dos tempos. Brasília tremeu pra caramba, contava Dona Zuleica a uma jornalista.

As imagens passavam ao vivo pela emissora. Quem assistia ligava para os parentes, que esperavam do lado de fora de casa com medo de desabamentos. As aulas foram suspensas. Outros prédios foram evacuados. Linhas telefônicas congestionadas. Pânico geral em Brasília.

– É o fim, caros amigos. É o fim dos tempos – dizia um louco entre as pessoas que estavam na frente do prédio onde Reginaldo trabalhava. – Primeiro a Ponte JK entorta, depois uma mulher como presidente. É um sinal. É o fim.

Após o comentário, o louco apanhou de várias mulheres que estavam próximas, ouvindo suas baboseiras. Um funcionário de obras se afastou da confusão e colocou seu fone de ouvido.

– Treze horas. Acabou meu horário de almoço.

Ele colocou o capacete e voltou a operar uma grande máquina junto com outros funcionários na obra, cortando o asfalto. Dona Zuleica se esquivou e gritou para as câmeras:

– O chão tá tremendo de novo! Salve-se quem puder!

PAIS E FILHOS

Cada pessoa tem uma forma diferente de reagir ao grotesco, mas em situações específicas acontecem anomalias a essa regra pré-formulada. Uma reação se torna tão comum a um grupo que acaba virando tradição. Um exemplo de grupo bem-definido é a paternidade. É como se a pessoa recebesse um pacote de conceitos ao assumir a responsabilidade que é ter um filho.

A primeira coisa em comum entre todos os pais é a boca bendita. Sua mãe pede para que leve o guarda-chuva e você, após olhar aquele solão lá fora, ignora. Como um poder místico psíquico, o céu se esconde atrás de nuvens carregadas e, quando você chega todo molhado em casa, ainda ouve a frase mais digna da maternidade: "Eu te avisei".

Como vampiros e lobisomens, pais e filhos preenchem espaços distintos de um conflito eterno. Na extrema direita, encontramos aqueles que estão à frente na guerra. Eles conhecem o oponente bem, afinal, já estiveram do outro lado do campo. E na extrema esquerda, encontramos os donos da razão. Aqueles que estão certos até quando estão errados.

A frase típica de um filho tradicional é "Ai, pai, não enche!". A voz dos pais parece incomodar os ouvidos sensíveis desse grupo preestabelecido. Eles podem falar a mesma coisa que um amigo seu, mas não serão aceitos da mesma maneira.

– Ei, Fabinho! Quantas vezes eu já disse que não quero que deixe a louça acumular!

O garoto para por um instante e tenta calcular com os dedos, mas são insuficientes:

– Putz, mãe. Sei não, aê.

A dona de casa coloca a mão sobre o rosto, buscando controlar sua fúria:

– Meu filho, quantas vezes eu pedi pra você levar o lixo para fora?

– Pô, mãe. Tu tá cheia das perguntas difíceis. Desculpa. Eu acabei esquecendo. Tenho tanta coisa pra fazer que nem lembrei.

Quando somos adolescentes, não trabalhamos, nem temos grandes responsabilidades, mas também nunca temos tempo para nada.

– Já chega! Cansei disso! Você está de castigo, mocinho! Suba já pro seu quarto!

– Mas mãe, nossa casa só tem um andar e a gente já está no meu quarto.

– Não quero saber de desculpas, rapazinho! Já pra cima. E só desça quando tiver pensado um pouco sobre o que tem feito.

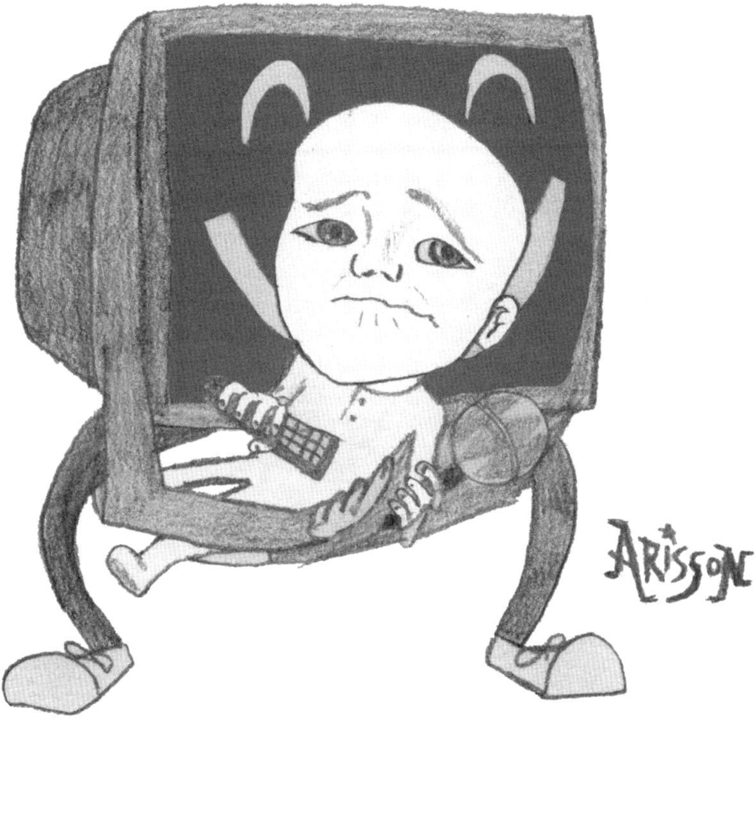
ARISSON

O AMOR SEGUNDO QUEM NUNCA AMOU AMAR O AMOR

EU ESTAVA SENTADO NO VASO quando Shakespeare desceu. Como Chico Xavier, comecei a escrever. Desse momento de inspiração, ou simplesmente de piração, nasceu um conceito de amor. A mais bela e insana definição do sentimento mais inexplicável que existe.

O amor? Ah, o amor! O amor é como papel higiênico. Você necessita dele e, por mais sujo que esteja, se sente limpo por dentro. O amor vem para limpar qualquer merda que se tenha feito. Isso é o amor: uma loucura temporária permanente. Um deserto do Saara repleto de flores. Um Grand Canyon pelas planícies desgastadas por erosões do meu coração. É a Estátua da Liberdade correndo para os braços abertos do Cristo Redentor. Dá a energia que você precisa, assim como a hidrelétrica de Itaipu. A sensação é de que minha pele é feita de placas de energia solar e você é o astro-rei no centro do meu universo, que me alimenta e me dá a vida.

Acabava de experimentar algo que Shakespeare conheceu o bastante ao ponto de descrevê-lo. Para alguém apaixonado, não existem coisas lúcidas, nem sanidade.

ARISSON

FÚNEBRE

Dia de refletir. Solene. Dia de recordar dos que já foram. Lembramos daquilo que conseguimos adiar até hoje. Tudo se esgota ou envelhece. Tudo morre um dia.

Vamos comemorar no dia de finados a morte dos princípios. O mundo se tornou um lugar vulgar. Esquecemo-nos da vida, dos ideais. O que era imoral agora é moda. Não existem mais limites.

Vamos celebrar a morte do espírito social. Ninguém mais repara nas faces. Não percebemos novos olhares. Andamos na rua entre figurantes da nossa vida. O valor humano se perdeu entre tantos umbigos distintos.

Celebremos também a morte do amor, que tantos juraram ser eterno. Foi desejado, cobiçado e descartado. Virou armadilha, labirinto e ilusão. Foi sufocado pelo mundo das orgias. Virou mito. Em seu último suspiro pronunciou carinhos. Os apelos sexuais criaram sua forca.

Vamos recordar a morte da disciplina e do desejo de aprender. Recebemos tudo mastigado. Não corrigimos nossos filhos. Mimamos o errado e sufocamos a educação. Em seu próprio santuário, ela é condenada. A escola não é mais sua casa, foi deportada.

Vamos celebrar também a morte do nacionalismo, que morreu junto com a Copa do Mundo, como uma camisa no armário esquecida. Talvez ressuscite nas Olimpíadas. Talvez seja enterrado com os treinadores da Seleção Brasileira.

Recordarei a morte do mundo que conhecia. A morte da minha infância. Morreram conceitos, nasceram novos objetivos. Nada é eterno, nem mesmo a memória. Talvez esse texto enfraqueça e morra em sua alma. Talvez ele sobreviva e faça parte de algo que não existia.

REGIME, QUASE MILITAR

Algumas pessoas avaliam o chocolate como o doce do diabo. Algumas lembram até de características masculinas quando o citamos. Ele te seduz, te traz prazer e, quando você repara, já está com um buchão, chorando o leite derramado. Aí está uma boa comparação: o chocolate é como um vício. É como se você pegasse o melhor de cada coisa e juntasse em um só alimento. Pelo menos era assim que Gildete pensava. Era nostálgica a mistura de sensações contidas naquele sabor. Se colocassem uma barra de chocolate branco do lado do Brad Pitt nu, deitado em uma cama, com certeza ela escolheria a primeira opção.

Gildete era uma típica mulher solteira de trinta anos, baixinha e sempre sorridente. Estava acima do peso, mas só um pouquinho. Um dia, depois de alguns comentários maldosos de amigos de trabalho, resolveu se dedicar à estética pessoal. Começou a frequentar a academia, mas não existia um resultado visível. Foi à nutricionista, que passou a receita para solucionar esse problema: cortar o chocolate:

– Nããããããoooooo!

A nutricionista esquivou-se, assustada com o grito. Gildete começou seu discurso dramático:

– Por que logo ele? Pooor quê?

Não se tratava de um desejo simples. Realmente o chocolate era um vício para a moça. Ela respirou fundo e saiu do consultório olhando para os lados. Estava há apenas algumas horas sem aquele alimento precioso, mas sentia o nível de glicose caindo. Caminhava por uma rua comercial sem encarar olhares estranhos.

– Olha o chocolate! É um real a barra! Só um real a barra!

A mulher tampou os ouvidos e começou a correr até se esbarrar em um desatento. Uma gota de cobertura do sorvete caiu na manga da blusa dela. Que tentação. Aquela calda de chocolate escorrendo era hipnotizante.

– Desculpa, moça! Eu não vi você passando.

Ela deu um berro que parou a rua e voltou a correr com o braço esticado como uma maluca. Faltava pouco. Subiu as escadas apressada e abriu a porta. Gastou poucos segundos para tirar a blusa e jogá-la na cesta de roupa suja. Sentou no sofá e respirou aliviada. Na primeira batalha, ela saiu vitoriosa. Foi então que a porta da cozinha se abriu e um senhor de cento e trinta quilos saiu com um prato na mão:

– Ah... Oi, filha. Pensei que só voltaria mais tarde.

A moça farejou como um lobisomem e olhou para a fatia de bolo de chocolate na mão do pai. Após um silêncio absoluto na sala, ele tomou a palavra:

– Você, hã, quer um pedaço?

Gildete foi abrindo um sorriso lentamente e, como um vampiro sedento de sangue, saltou sobre o pobre senhor utilizando o sofá como se fosse uma cama elástica.

– Cuidado, filha! Olha o nível de glicose! Cuidado com a diabete, hein!

Ele tentou tomar de volta o prato, mas ela o protegia como um cão.

– Olha a minha cara de quem tá se preocupando com isso!

– respondeu Gildete.

O pai foi entrando discretamente na cozinha e escondendo uma fração do bolo. Precisava garantir o seu estoque de glicose.

A CANÇÃO QUE ERA MINHA E SUA

ELE DEITOU NA CAMA, olhou para o teto branco e respirou fundo. Os sons do apartamento pareciam cutucar sua alma como agulhas. Esticou o braço e alcançou um fone de ouvido. Ao puxá-lo, um pequeno aparelho o acompanhou. Um clique deu vida para aquele objeto. Os fios ligados aos ouvidos tornaram reais aquelas vibrações invisíveis.

Ao fechar os olhos, aquele céu branco de concreto sumiu. Os sons do prédio se extinguiram. Só se ouvia aquele dedilhado de violão. Aquele colchão tornou-se mais macio e leve ao ponto de não existir. Não estava assustado. Sentia liberdade. A sensação de queda livre não o motivou a abrir os olhos. Pelo contrário. Sentia o vento e sentia a transparência de cada timbre.

A canção o envolvia. Músculos relaxados. Até a respiração parecia seguir a melodia. Ele não abriu os olhos, mas a viu. Seu sorriso continuava vivo, como aquela música. Ela o acolhia com um abraço e ele podia sentir o perfume. Aquela canção estimulava seus sentidos.

Aquela voz feminina não era a dela, mas aquele conjunto de notas em sincronia perfeita era. Suas carícias o carregavam pelo ar. Flutuava sem medo. Não existia tempo. Não criaram o espaço nesse universo pessoal. Eram só ele e ela.

As pulsações seguiam após o isolamento do ritmo. Sentiu o lençol, sentiu novamente a cama. Suspirou e olhou ao redor. Encontrou-a no porta-retrato, os sons do apartamento cutucavam sua alma. Deitou novamente e ajustou o fone no ouvido, apertou o play e fechou os olhos.

UM TEMPO

ROBSON ENCAROU AQUELES OLHOS apaixonados e disse em alto e bom tom:

– Preciso de um tempo.

O olhar de menina inocente foi substituído pelo olhar de menina iludida:

– Mas por que isso agora? Virou treinador para ficar pedindo tempo?

– Não. Só quero um espaço. Quero um tempo para pensar.

Os dois ficaram em silêncio por alguns segundos. Ele temia a reação dela e engolia a saliva como se fosse granada. A tensão se estendeu por mais um instante até que ela deu um pulo animado e gritou sorrindo:

– Pronto. Já te dei um tempo para pensar. Agora vamos deixar de bobagem.

A moça segurou o rapaz como um boneco debaixo do braço e saiu com uma alegria estampada na cara como se nada tivesse sido dito. Robson só conseguiu esticar o braço e arrumar os óculos caídos sobre o seu largo nariz:

– Tá vendo? É exatamente disso que eu estava falando. Você não me dá liberdade.

Ela soltou o rapaz, que caiu inerte. Só o grande braço da

moça pesava o mesmo que ele. Novamente arrumou os óculos caídos e se levantou todo atrapalhado.

– Isso não está dando certo! Estou me sentindo sufocado! Preciso realmente de um tempo!

Após desabafar, o rosto vermelho e suado voltou a ser branco. Tinha dito o que queria falar há muito tempo, mas temia a reação da moça. Ela ficou com uma cara de choro, mas nenhuma lágrima desceu.

– Tudo bem. Se é isso mesmo que você quer.

Robson continuou encarando a garota como se não acreditasse ainda no que ouviu dos lábios dela. Sorriu usando apenas um lado da boca, depois ficou sério e saiu. Não havia mais nada a falar. A sensação de liberdade durou alguns segundos. Aquele toque de telefone era de alguém em específico.

– Alô?

– Oi, amor. Sou eu. É que fiquei com algumas dúvidas sobre esse "tempo" que você pediu. Isso também envolve as ligações?

Robson respirou fundo e respondeu com uma voz irônica:

– Por coincidência, sim.

– E isso inclui também as visitas noturnas com os cafunés de boa-noite?

– Também.

– Sem as tardes na minha casa jogando no meu videogame de última geração?

Ele demorou um pouco para responder. Aquele jogo com o sensor de movimentos era tão divertido.

– Por enquanto sim.

– Ok. Sendo assim, acho melhor você me devolver meus livros de Física. Emprestei para você antes de ontem. Lembra?

– Mas a minha prova é esse domingo e eu... Eu... Ok, ok. Eu vou te entregar amanhã cedo.

– Vou esperar. Eu posso desmarcar, então, da programação da TV a cabo aqueles programas do *Discovery Channel* e do *Animal Planet* que você tinha colocado para assistir hoje?

Novamente, Robson demorou para responder. Sem canal por assinatura significava que viveria sem seus programas favoritos. Nunca mais veria os episódios da série *The Big Bang Theory* ou passaria as tardes de domingo vendo os desenhos da *Cartoon*. Ia ter de se acostumar e escolher entre o Silvio Santos e o Faustão. Tudo tem o seu preço.

– Pode. Pode sim.

– Ok. Vou desligar então pra poder ligar e cancelar a assinatura que fiz pra você da revista *Superinteressante*. Tchau!

– Não! A revista não! Alô? Alô?

Robson colocou a mão na testa, apreensivo, e tentou retornar várias vezes, mas só dava ocupado. Cancelamentos de serviço demoram décadas pelo telefone.

EM CARTAZ: O HORÁRIO POLÍTICO

PARA QUE SERVE O HORÁRIO POLÍTICO? Com certeza não é para conhecer os candidatos, afinal, o que são segundos para um eleitor exigente? Alguns tentam uma lavagem cerebral ou ataques aos adversários. Outros optam pelo teatro político. E nós, os passivos do processo eleitoral, recebemos essas informações e criamos conceitos segundo uma imagem irreal dos candidatos. Peça para eu me descrever e virarei o rei dos elogios. Não há como conhecer alguém por meio de um tempo tão insignificante. É idiotice. Principalmente sabendo que são os próprios candidatos que produzem e decidem o que vai ao ar e o que não vai em seu espaço.

O único modo de conhecê-los realmente é em situações anormais. Debates viram programas de improviso que exigem criatividade dos atores. Eles precisam se concentrar em seu personagem enquanto atacam o adversário.

Eu, sinceramente, acho que seria mais divertido e, a população assistiria com prazer, se no lugar das eleições existisse um *reality show*, estilo o Big Brother Brasil. Todos os candidatos ficariam confinados em uma casa e a cada semana um seria eliminado. As pessoas conheceriam realmente os futuros representantes e teriam até dificuldade em escolher quem sairia, graças à concorrência excessiva. O vencedor governaria nosso país e talvez, quem sabe, até saísse depois na *Playboy*.

LANTERNA ROSA CHOQUE

E OS DOIS PERMANECERAM de boca aberta ao ver a foto do jornal:

– Essa foto é bombástica! Quem tirou?

– Foi um tal de Parker, Peter Parker.

– Estou de queixo caído. Nunca imaginei isso.

– Quem diria. Ele saiu do armário.

– Mas ele assumiu mesmo? Saiu no jornal? Qual é a fonte?

– Times New Roman.

– Hein?

– Ah, a fonte? Saiu na capa do *Planeta Diário*. A coisa é séria.

– Nossa! Nunca desconfiei. Tantos outros super-heróis suspeitos e logo ele assumiu.

– Pra você ver como as coisas são. Segundo a notícia, o Lanterna Verde foi só o primeiro a sair do armário.

– O primeiro? Mais gente assumiu ser homossexual?

– Com superpoderes não, mas várias pessoas por aí revelaram sua identidade secreta. Lembra-se do Bruce Wayne? Aquele milionário? Pois é, assumiu. Até o mordomo dele se espantou.

– Também, né... Que escândalo! Quem diria que ele teria uma vida dupla! Nunca imaginei que de noite ele era outra pessoa.

– Pois é. Mas segredo é assim. Não dá pra segurar. Ninguém

é de ferro, nem mesmo o Homem de Aço. Quem é que sabe aonde o Super-Homem vai depois que salva o mundo?

– Com certeza.

– E o Batman? Aquele cinto de utilidades lembra uma bolsa feminina. Ele não me engana.

– Eu também não caio nessa.

– O Hulk com aquela calça apertada. Toda nervosinha, a mocinha. Deve ser o mais gay de todos.

– Retira o que disse!

– Relaxa, Bruce Banner. Controle-se! Bruce! Ponha-me no chão! Bruuuuce!

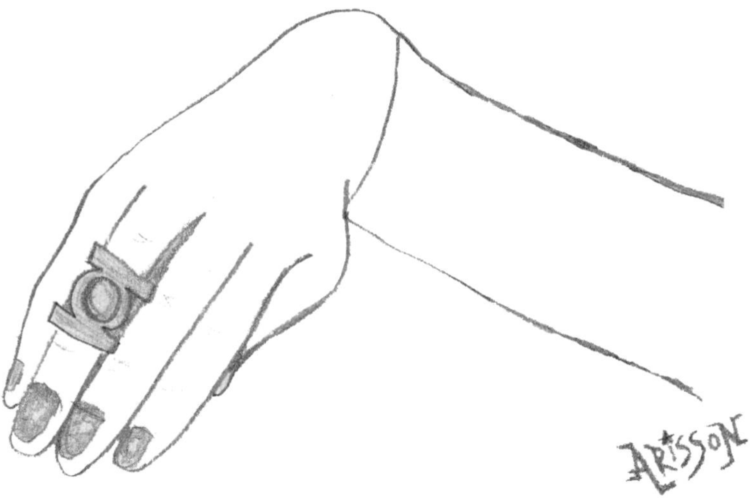

O CONCEITO DE "FICAR"

PARECE SIMPLES: duas pessoas se encontram e se percebem compatíveis. Um amor físico, frio e totalmente calculado. Estrutura concreta, como a Matemática é.

Mas as premissas distanciam a teoria de um contexto atual. Os sentimentos transformam valores e fórmulas prontas em desafios pessoais. Não é só um saco de ossos e carne com um coração pulsando vida aos quatro cantos. É muito mais que isso. Trata-se de um ser no qual seus sentidos se apegam de forma singela.

A desvalorização das virtudes humanas torna esse conceito mais gelado. O prazer não pode ser privatizado. Nascem amores onde existem dois indivíduos juntos e não um só representado por duas almas livres. Os dois buscam a mesma coisa, mas não por um longo prazo. Que seja bom enquanto durar.

Assumo ser globalizado. Eu quero "ficar" com você. Mas quero isso todo dia. Quero te ver do meu lado a hora que te desejar. Quero sentir sua falta. Quero ser livre, mas algemado a você.

#SemCupido
#Solteiro
#Partiu!
ARISSON

BULLYINGNORÂNCIA

Um surto psicótico deixou a cidade bem conhecida. Quem ouviu, antes de o atirador invadir a escola, alguém falando sobre Realengo? Hoje, até o Bono Vox do U2 comenta o ocorrido. Mas não foi só essa palavra que ficou popular nos noticiários. A expressão inglesa *bullying* está em todos os veículos de comunicação. Lurdinha foi uma das que ouviu a palavra e, como todo brasileiro, para mostrar que tem um QI elevado à quinta potência, adicionou a palavra ao seu vocabulário:

– O que foi que você disse? – falou Maria, apoiando as mãos na grande cintura que Deus lhe deu.

– Eu disse que a neta da Dona Joana tá sofrendo *bullying* na escola.

– Sofrendo o quê?

– *Bullying*, Maria. *Bullying*... Bê, u, éli, i, eni... *Bullying*. Você não sabe o que é *bullying*?

– Sei sim, mulher. Mas lá em casa a gente só usa cafeteira mesmo.

Lurdinha ergueu os braços e olhou na direção do céu, mesmo com o teto da casa censurando o sol.

– Válame, Deus, Maria! Tu num vê televisão não? Nunca viu falar de *bullying*?

– Vejo sim, Lurdinha. Sempre que posso eu vejo o Programa do Ratinho. É "café no bullying" – disse a velha, sorrindo e esticando os dedões positivamente.

– Não é esse *bullying*. É inglês. Quando uma pessoa sofre humilhação pública, nós chamamos de *bullying*.

– E a neta da Joana sofreu isso, foi?

– Foi. Chamaram a coitada de pagodeira. A menina chegou a chorar.

– Nossa! Que coisa triste, Lurdinha! E como ela tá?

– Eu vi ela ontem. Ela tava com um penteado lambido e uma roupa preta ouvindo aquele rapaz que foi no Faustão. O filho do Fábio Júnior.

– Sei quem é. O tal de Fiuk.

– É esse mesmo. Esse nome é tão difícil. Pra mim tinha que ser "Fábio Júnior Júnior", mas tudo bem. De qualquer forma, é uma coisa muito triste.

– É mesmo. Nunca me chamaram de pagodeira, mas deve ser horrível mesmo. Eu sei que olhando assim é meio difícil de acreditar, mas nem sempre eu tive esse corpinho.

Um silêncio reinou enquanto Lurdinha olhava a amiga da cabeça aos pés. O percurso ocular era bem grande.

– Sério? Difícil de imaginar, hein...

– Pois é. Eu era gordinha na adolescência e sofria com isso. Sempre ouvia frases do tipo "Ei, Maria balofa! Não entra na piscina senão ela vai transbordar!". Ou "Maria! Você é tão grande que seu traseiro tem gravidade própria!". Ou então "Alguém me ajuda! A Maria sentou em cima de mim!".

– Complicado, hein.

– Muito.

– A verdade dói, né?

– Bastante. Agora deixa eu ir pra casa que o Programa do Ratinho hoje vai revelar quem é o pai, usando o resultado do teste de DNA. Imperdível.

OS SUPER-HERÓIS BRASILEIROS

A IDENTIDADE SECRETA DOS HERÓIS é sempre conflitante. Ou são ricos, ou são jornalistas, ou são cientistas... Mas aquele herói em especial era apenas um serralheiro. Olhando de longe talvez você nem o perceba entre os outros. Um disfarce perfeito. Quem suspeitaria logo daquele homem? Perceba como aquele pobre senhor de barba malfeita atravessa a parede com facilidade quando a janela está aberta. Ou simplesmente avalie a supervisão daquele jovem de óculos avistando o itinerário do ônibus. Eles estão entre nós. Homens e mulheres com dons místicos vivendo como pessoas normais em seus disfarces.

Vai dizer que você nunca desconfiou daquela super-esposa que vive na pele de uma mera dona de casa? Seus sentidos aguçados percebem sem esforços se você chegar com um perfume diferente ou com uma marca de batom na camisa. Não subestime seus poderes.

E quem nunca reparou naquele respeitável pai de família, que tem o poder de se multiplicar e estar em vários lugares ao mesmo tempo? E você pensava que era normal o sentido materno. Um dom que nem o sentido aranha pode superar em questão de magnitude. E aquele colega que sempre te salva na hora certa? Um superamigo com o dom magnífico de dizer sempre o que você precisava ouvir, como se pudesse ler seus pensamentos ou prever o futuro.

E você não acreditava neles, mas eles são reais e visíveis a olho nu. Basta olhar atentamente ao seu redor. Analise bem. O Super-Homem coloca uns óculos e um terno e vira uma pessoa normal. Os disfarces são sempre perceptíveis. O pedreiro, por exemplo, ainda está com seu cinto de utilidades preso à cintura.

Eu assumo. Também sou um deles. Posso viajar no tempo e no espaço. Percebi isso quando fui dormir no dia 31 de dezembro e acordei no ano seguinte. Além disso, posso quebrar as barreiras impostas pela Física e me dissolver em palavras escritas. Escorrer pelas páginas do livro e adquirir uma forma que não é minha.

Eu visto meu uniforme e saio do meu esconderijo secreto preparado para encarar os vilões que a vida pode me trazer. Junto-me aos outros heróis em um transporte público, formando uma liga. É hora de lutar pelo que acreditamos e sobreviver nesse mundo tão injusto.

ALERTA DEPRIMENTE

Os dados são da Organização Mundial da Saúde: a depressão afeta cerca de 340 milhões de pessoas e causa 850 mil suicídios por ano em todo o mundo. Números que assustam e causam pânico. Só no Brasil, são cerca de 13 a 13,8 milhões de pessoas depressivas. Além disso, a depressão e a ansiedade são responsáveis por mais da metade das doenças mentais existentes no mundo. Uma doença que poucos têm conhecimento e que se espalha com velocidade surpreendente.

– Doutor, acho que peguei!

– Pegou o quê? – perguntou o médico assustado.

– Peguei, doutor. Acho que foi no trabalho.

– Pegou o quê? – insistiu.

– Depressão, doutor. Peguei depressão.

O silêncio no telefone demonstrava a surpresa do médico com a ignorância do paciente.

– Depressão não é causada por bactéria, nem vírus. Não se passa assim.

– Claro que passa, doutor. Ontem mesmo estava bonzinho. Só foi eu ficar umas horas na sala do trabalho conversando com alguns colegas que eu fiquei assim. Eu nem tinha suspeitado que eles tivessem algo, mas agora eu liguei as peças desse quebra-cabeça. Foram eles! Aquele ar triste na sala... Fui infectado, doutor!

– Não se preocupe! Nesse caso, não é considerado depressão.

– Mas é claro que é, doutor! Hoje de manhã mesmo, acordei e não senti ânimo nenhum para sair de casa.

– Talvez seja por conta do clima chuvoso, isso é normal.

– E depois, doutor, eu liguei o rádio e tava passando uma música do Blitz, "A dois passos do paraíso". Então eu fiquei puto com o caminhoneiro e comecei a gritar: "Volta! Volta para os braços de sua amada!".

– A música tem o dom de mexer com os nossos sentidos. Isso também é normal.

– Não acho que seja normal, doutor. Passei a tarde no Facebook e ninguém me cutucou! Ninguém! Acabei de atualizar a página de internet aqui.

– Trata-se mais de carência do que de depressão. Mesmo assim, por conta do avanço tecnológico e do vício causado pelas redes sociais, isso ainda é considerado normal.

– Mas, doutor, eu não me sinto bem. Assisti até ao programa *Casos de Família* inteiro! Do início ao fim, doutor. Não acho que isso seja normal... Alô? Doutor? Ainda está na linha?

Mesmo tampando com a mão o telefone para encobrir a conversa, o paciente podia ouvir os gritos do médico aos funcionários de plantão do hospital:

– Rápido! Preciso de uma ambulância! Preparem uma sala de isolamento e alertem o presidente: temos uma possível pandemia!

A MULHER QUE NÃO TINHA NOME

Aquela senhora sentada na calçada todos conhecem, apesar de lhe negarem o olhar. Todos da cidade já foram abordados pela velha, que pedia esmola com uma cara de choro. Mesmo assim, ninguém sabia seu nome ou sequer conhecia a história que antecede aquela situação dramática a qual se acomodara. Uma mulher sem futuro e sem passado. Alguns diziam que ela era uma pessoa normal e que desistiu da vida que tinha, se rebaixando ao cotidiano humilhante. As noites na praça eram regidas por uma pequena quantidade de iluminação pública, que se transformava em atrativo para casais de namorados e más companhias. Para aquela senhora, apenas um cobertor velho a protegia daquele mundo sombrio.

Ela dormia agarrada a uma garrafa. Ninguém sabe ao certo o que sonhava. Ninguém conhecia sua perspectiva de vida. Era apenas ela, vivendo sua vida solitária em um universo que não era o seu. Se não acordasse na manhã seguinte, sabe-se lá quanto tempo demoraria até perceberem.

Aquela tosse rouca coçando a garganta causava desconforto. Ouviu passos de alguém se aproximando, mas não se sentiu assustada. Na verdade, o som produzido pelo salto despertou curiosidade. Aquela praça não era um local indicado para passeios noturnos.

A velha demonstrou espanto ao perceber quem se aproximava e tentou disfarçar a emoção contida naquele encontro. Sentou-se ainda segurando a garrafa. O olhar buscava sempre o chão, como se sentisse dor ao enfrentar os olhos da moça que se sentava ao seu lado:

– Trouxe umas roupas – disse a moça, deixando uma sacola no chão, entre as duas.

A senhora puxou a doação para próximo dos pés e agradeceu, desconcertada. As duas ficaram em silêncio, sentadas no banco da praça mal iluminada.

– Eu passei ontem de carro por aqui e vi a senhora. Faz tempo que não tínhamos notícias suas. Perdoe-me, mas agora eu preciso ir. Só queria ver se estava bem.

A moça se levantou aflita. O momento parecia incomodá-la também:

– Até breve – disse enquanto se afastava da velha sentada.

Ela olhou para a garrafa e a apertou, como se sentisse uma forte contração.

– Como ele está?

A moça parou e deu um sorriso, que foi rapidamente consumido pela dor que a lembrança parecia trazer.

– Ontem ele disse a primeira palavra. Ele falou "mãe".

A velha sorriu enquanto seus olhos lacrimejavam.

– Ele é esperto como o pai era.

– É sim – respondeu a moça, também emocionada com a conversa. – Eu realmente preciso ir.

– Eu entendo. Não se preocupe. Obrigada!

– Se precisar...

– Não. Não se preocupe. Estou bem. Sério!

A moça ainda tentou esconder a preocupação enquanto saía. A realidade é que as duas tentavam demonstrar superficialidade. A velha a assistiu partir e fuçou a sacola. Encontrou um agasalho, que vestiu no mesmo instante. Mais no fundo da sacola achou uma foto de um bebê, na qual ficou minutos parada, olhando. Após isso, deitou-se e dormiu agarrada à garrafa. Ninguém sabe ao certo o que sonhava. Era apenas ela, vivendo sua própria vida solitária em um universo no qual era hóspede indesejada.

A DESCULPA É EXATAMENTE A DESCULPA

Já percebeu que nós, seres humanos, sempre buscamos uma desculpa para fugir do protocolo? É como se a oportunidade fosse sempre um motivo para escapulidas pessoais. Depois do erro, em vez do arrependimento, vem um sentimento de "existem outros mais errados do que eu".

A festa de aniversário do seu filho vira um motivo para quebrar aquela dieta que você até hoje não sabe por que insiste em mantê-la. "Já quebrei a dieta mesmo. Vou comer e amanhã eu começo de novo". A oportunidade apareceu. Não é pecado quando todos fazem.

Mas, no meu ponto de vista, não existe uma desculpa mais oportuna do que o carnaval. Um motivo para ter uma folga do trabalho. O feriado que mais representa a cultura brasileira no exterior não passa de uma desculpa para fazer o que não se deve, mas se todo mundo faz, que se dane o incorreto.

A nudez ganha poder até nos educadores de crianças desse novo século: a televisão está poluída, mas tudo nesta época está. O erro é da programação? Claro que não. A televisão é um espelho do que telespectador quer ver. Nunca passará nada que a sociedade não queira assistir. A verdade é que a festa deixou de ser folclore e, como a maioria das coisas boas do país, baixou o nível. Virou a desculpa. Dia de libertar o obsceno. Um dia em que tudo é permitido, afinal, é carnaval.

Sou completamente a favor da cultura, mas será que a extinção do conceito popular e a quebra das limitações éticas são realmente necessárias? Se existe uma classificação indicativa que diz que os programas indicados para maiores de 18 anos devem passar depois das 22 horas, por que é permitido exibir mulheres nuas em pleno horário de almoço? Temos uma desculpa, hoje, para fazer o peculiar. É carnaval. É cultura. Uma cultura que, sinceramente, se fosse pai, gostaria de economizar meu filho.

Vamos às ruas. Vamos comemorar. Vamos sair com nossas roupas coloridas e máscaras, ou até mesmo sem elas. Faça o que seu corpo pedir, pois é carnaval. Todo tipo de orgia é perdoável diante dos erros dos outros, ou, pelo menos, é o que o mundo prega.

EXPERIMENTO

Quis brincar de viver, mas acabei não saindo ileso. Experimentar os sentidos me tornou mais humano. Desejar sentir em minhas veias o sangue alimentando meu sistema me transformou. Agora minha alma vive aprisionada a essa forma concreta capaz de pensar, falar e agir. Limitado a conhecer o universo apenas pelo contato físico corporal.

Experimentei então a morte do mundo por um instante. Se eu não percebê-lo por meio dos meus sentidos, o universo deixa de existir? Somos obras tão perfeitas, mas frágeis e impotentes diante do incerto. Não somos inteligentes o bastante nem para desvendar o porquê de tudo. Não somos capazes de descobrir o motivo da nossa própria existência. Somos um enigma para os olhos atentos. Somos mistério que traz mistério. As respostas nos despertam novas dúvidas.

Não conseguimos fugir da despedida. A morte é nosso destino. O que conforta nossas mágoas. O que atormenta nossas alegrias. Fechei os olhos e acompanhei a morte do universo. Não o via ou ouvia mais. Não o senti ao tateá-lo. Aos poucos fui percebendo que o experimento acabou ali. As algemas que me prendiam naquele corpo não existiam mais. Estava livre de novo. Fazia parte do universo e o universo era parte de mim.

PELA SOBREVIVÊNCIA DA ESPÉCIE

O AVANÇO TECNOLÓGICO tornou o mundo interligado. É como se todos os nossos atos estivessem conectados à grande rede. O que era luxo ou exagero hoje é considerado vício ou até mesmo necessidade.

A nossa dependência da natureza perdeu espaço para a ciência. Antes necessitávamos do fogo para a sobrevivência da espécie. Hoje, o interruptor da sala tem a mesma função dos gravetos esfregados incessantemente. Antes acendíamos fogueiras para afastar animais predadores. Hoje, no máximo, fechamos janelas para fugir dos pernilongos.

Algumas coisas não mudaram com a evolução. Ainda saímos para caçar seguindo a lei natural do mundo. Apenas trocamos as lanças por um cartão de crédito, que nos permite voltar para nossas cavernas com o alimento necessário para nutrir nossos corpos eretos. Substituímos o treinamento de caça tradicional pelo número do telepizza.

É interessante ressaltar a incapacidade humana de conhecer e evoluir diante da tempestade de conceitos existentes. Os portugueses dominaram os índios durante a colonização por ganharem superioridade com o sistema tecnológico da época, mas são apenas donos de progressos hoje ultrapassados. A cultura de hoje julga sua antecessora como careta. E como será que olharemos nossa infância no futuro? Será que os jornais impressos terão o mesmo futuro dos discos de vinil? Os computadores mais avançados serão os tijolões dos tempos que virão.

O mundo troglodita está cada vez mais digital, e nós, resultado da evolução humana, cada vez mais mecânicos. Hoje já tenho um cronograma feito: vou sair para caçar. Irei explorar esse universo de sociedades digitalizadas. Vou procurar o meu objetivo de vida no Google e ajustar meu GPS para não me perder no caminho. Tenho sede de conhecer e aprender. Minhas conquistas certamente não estarão em nenhum livro de História, mas, quem sabe, se você pesquisar na Wikipédia, encontre alguma coisa.

Mouse!!!
ARISSON

O AMOR TECNICAMENTE IMPOSSÍVEL

No CINEMA, essas tramas viram sucessos de bilheteria. Romances tecnicamente impossíveis de darem certo despertam a atenção de um público distinto e extenso. Seria possível um vampiro e um lobisomem se apaixonarem? É em perguntas desse gênero que os roteiristas investem seus projetos.

Mas não é preciso ir ao cinema para encontrar casos de romances impossíveis. Eu mesmo conheço vários casos. Vampiros? Não. Trata-se de assuntos mais complexos ainda. Times de futebol diferentes, classes econômicas distintas, profissões conflitantes ou até mesmo religiões divergentes. Mesmo com tudo propenso para o desamor, o cupido acerta uma flecha na maçã que está na sua cabeça e quando você percebe já é tarde: mais um caso de amor tecnicamente impossível está nas telonas. Às vezes você nem nota até obter da pior forma a informação que põe em xeque seu romance perfeito.

– Amor.

– Diga, meu anjo!

– Tenho que te contar uma coisa.

– Só falar, aê.

– Lembra que você ficou com raiva do resultado do *Maior Brasileiro de Todos os Tempos de 2012?*

– Já tinha até esquecido disso. O povo não sabe votar.

– Então. É sobre isso que eu queria falar. Eu votei no Michel Teló.

O espanto na cara dele lembrava a fúria contida nos solos de guitarra que seus ídolos faziam:

– Mas por quê? Por que você fez uma coisa dessas?

A moça abaixou a cabeça. Algo a incomodava. A revelação não tinha acabado.

– Eu não sou bem o que você acha que eu sou.

O silêncio mastigava seu namoro firme de mais de quatro meses. Seria ela uma vampira? Será que ela era uma fera nas noites de lua cheia e não aparava os cabelos do sovaco? A verdade era bem mais cruel do que ele imaginava.

– Eu sou membro do fã clube do Zezé Di Camargo & Luciano.

Ele deu um passo para trás e arregalou os olhos. Como não percebeu antes? A falta de entrosamento ao falar das bandas de rock. O receio ao apresentá-lo às amigas. Tudo agora fazia sentido. Na tela, ao vivo e à cores, mais um filme da vida real. Mais um romance tecnicamente impossível.

– Só falta agora dizer que tem um pôster do Restart no seu quarto.

– Não. Isso não. Eu tenho o novo álbum deles, mas o pôster não.

Para o amor não existem regras, limites ou até mesmo padrão. Cada um vive, experimenta e o interpreta de forma diferente. Para ele, o amor era traiçoeiro. Para ela, o amor era criterioso. Não perceberam que, o que eles viam como diferença, na verdade era um complemento mútuo. Como no roteiro dos filmes de amores tecnicamente impossíveis, o destino acertou ao unir os dois.

MATANDO AQUELA TAL DE ESPERANÇA

DIZEM QUE A ESPERANÇA é a última que morre e esses dias a vi correndo por aí. Ao perceber que o beco não tinha saída, ela apenas suplicou pela vida enquanto era executada à queima-roupa. Como em um clímax de filme, o silêncio tomou aquela noite espectral. A Esperança dava seu último suspiro. Não havia ninguém para chorar sua morte. Ninguém para negar ou oferecer socorro. Quem a matou? O escuro do beco camuflou a identidade do assassino, mas suspeitos não faltavam. Pobre Esperança, tinha tantos inimigos...

O Amor um dia disse que seria eterno, quem sabe não quis ter certeza de que viveria mais do que qualquer outro sentimento. Talvez se tratasse de um *serial killer*. Juntando as peças: o primeiro a ser assassinado foi o Sonho e depois mataram a Alegria. Poderia ter acontecido com qualquer outro, mas a vítima da vez foi a tal Esperança.

Mas o que ninguém esperava era vê-la levantar. Todos viram quando sua respiração falha parou. Ninguém duvidara do inerte corpo estendido. Não havia uma explicação lógica para aquilo. Lá estava ela de pé como se nada a tivesse atingido.

Nessa hora as armas caíram, o silêncio atormentou os ouvidos sensíveis e o espanto se tornou visível. Quantas vidas a Esperança teria? Nenhum sentimento viveria o bastante para responder.

DIA DE O ORGASMO BROCHAR

A VELHA DEU UM SORRISO SAFADO e falou com dificuldade por conta da dentadura frouxa:

– Hoje é Dia do Orgasmo, sabia?

O velho continuou assistindo ao noticiário e se limitou a movimentar a cabeça positivamente sem desviar o olhar. A velha prosseguiu:

– Tenho um presentinho pra você, meu véi.

O marido olhou e não conseguiu disfarçar o espanto:

– Uau!

A velha, com um batom vermelho, mordia os lábios com uma sensualidade aposentada. O velho sorriu como só faz quando recebe o dinheiro do INSS.

– Minino! Mas ocê tá chique demais!

A velha, vestida apenas com uma lingerie, gesticulou com o dedo indicador, convidando-o a segui-la. O velho levantou animado, assustando o cachorro rabugento que se acomodava em seu colo:

– É hoje! É hoje!

A velha deitou-se partindo a cama ao meio, como uma enxada cravada no solo. Seus braços finos apoiados na almofada deixava exposto o rosto enrugado:

– Venha, meu velho! Venha!

O velho tirou as botinas e se deitou ao lado dela. Os dois se encararam enamorados. Brilho no olhar. Além de casados, eram amantes.

– Hoje é um dia especial, né?

– É.

– Acho que o Alzheimer está atacando. O que comemoramos hoje mesmo?

A velha parou por um instante com uma dúvida no olhar:

– Ai. Não faz pergunta difícil. Você sabe que minha memória anda falhando.

– Fala isso pra mim? Esses dias nem a cabeça de cima nem a de baixo têm funcionado perfeitamente. Mas te vendo vestida assim, pensei em uma coisa. O que acha de relembrarmos os velhos tempos, hein. Véia? Véia! Ocê tá acordada ainda? Veia? Veiaa!

ARISSON

SONHO BOM

Adoro sonhos. Eles te apresentam uma realidade fictícia que você só percebe ser falsa ao acordar. É um desabafo da nossa mente por meio de imagens que nem sempre seguem as regras físicas. Não controlamos o nosso subconsciente. Na verdade, não passamos de telespectadores. Não dá para fechar os olhos e simplesmente nos teletransportar para esse mundo de possibilidades múltiplas. Apesar de os sonhos serem espelhos do que pensamos ou sentimos, não dá para manipulá-los pensando no que gostaria de sonhar.

Mas essa manhã eu quis. Desejei voltar ao ponto onde havia parado. Quis retornar ao roteiro perfeito apresentado pela minha mente, o qual ficou inacabado. Um sorriso na face e um vazio ao perceber que foi apenas um sonho. Restou-me apenas levantar e encarar o dia na esperança de encontrá-la novamente no meu universo de possibilidades múltiplas na noite seguinte. Restou-me apenas a realidade de sonhar em sonhar. De sonhar em viver o que nunca chegou a acontecer, sem perceber que mais interessante que sonhar é viver, de fato, o que esse mundo finito me disponibiliza.

BARATOLOGIA INSETÍSTICA MODERNA

Saí da rotina e quebrei um tabu do feriado ao acordar cedo. A televisão ligada me oferecia audiovisualmente uma reportagem sobre insetos. Uma especialista em baratas explicava como se livrar da praga e citou coisas de que esses seres nojentos gostam. Bagunça era a primeira delas. Comecei a ouvir com mais atenção, afinal, já encontrei umas baratas mutantes que mais pareciam Aliens. Você pega uma arma, atira e ela continua rastejando sem parte do corpo e com um líquido corporal que realmente lembra filme de ficção científica.

A baratóloga me prendeu por uns segundos com seus dados e resultados de pesquisas. Baratas gostam de restos de doce e de cerveja, assim ela dizia. Peraê! Cerveja? A ficha caiu. Isso explica porque os insetos têm vida noturna. Era tão óbvio. Assim como a Clarice Lispector, em *A Paixão segundo GH*, o cotidiano daqueles seres rejeitados pelo universo se tornava encantador. Imagine-se: após o dia passar e ela permanecer escondida, um desejo gandaístico nasce em suas veias. E como seu sangue não é de barata – ou é – não resistiu. A noite é uma criança e crianças não têm medo de insetos. Ela saiu sem rumo por aí. Achou uma latinha e encheu a cara. Quando acordou estava em um lugar estranho com um pernilongo deitado ao seu lado, perguntando: "Foi bom pra você?".

Ela correu desorientada. Amnésia. Nada do que acontecera naquela noite lhe retornava à mente. Bebeu demais para lembrar. Depois desse dia começou a frequentar as *Baratas Alcoólicas Anônimas*. Não é responsável como uma formiga, mas certamente hoje ela é outra barata. Se bem que elas se parecem tanto... São tão iguais que talvez você não perceba a diferença e pise nela.

AS MARCAS

Tatuado em seu corpo, os nomes das pessoas que amava formavam um palimpsesto. Ela não cansava de exibi-las e contar o significado para os curiosos. Seu nome era Lavigne, informação perdida entre tantos riscos em sua pele.

A primeira tatuagem que fez foi o nome do primeiro namorado, aos dezesseis. Lembrança forte em sua mente, pois o relacionamento não acabou muito bem. Rafael nunca soube o que era fidelidade, mas deixou uma marca eterna na nuca da moça. Não tinha como passar a borracha e escrever novamente sua história. Ela ainda arriscou namorar outro Rafael para aproveitar a mancha corporal, mas, assim como a tatuagem, a vida não aceita rasuras.

No ombro direito uma palavra em japonês que ela acreditava ser "esperança", mas um turista na praia desmitificou traduzindo como "rosa" o ideograma em sua pele. A cor não demonstrava sua personalidade em nada. As roupas e maquiagens escuras entravam em contraste com a tatuagem japonesa.

A dor causada pela agulha registrou uma homenagem à mãe falecida. O nome pigmentado no pulso eternizava a mulher que tanto lutou por ela. O pai não estava marcado naquele corpo, mas em sua mente, como um ferro em brasas na carne. A imagem de um bêbado violento valorizava ainda mais a lembrança da mãe como uma guerreira. Nunca entendeu por que ela não reagia.

Não conseguia explicar por que ela permanecia lá, ao lado dele, depois do sofrimento que lhe causara. Em vez de tatuagens, a mulher colecionava hematomas no corpo.

Aquele aparelho eletrônico não representava mais uma prática pagã. A tinta não recebera a classificação de sacrilégio contra aquele corpo. Com o tempo, a agulha registrou as principais pessoas que passaram pela sua vida, deixando-as expostas na pele por meio de signos ortográficos. Durante o banho, resgatava na mente os donos dos nomes. Amigos, familiares e namorados eternizados em traços. Cada um deixou sua marca em um canto visível. Estigmas tribais desenhavam sua história. Recorria às pinturas corporais para adornar aquele apartamento vazio.

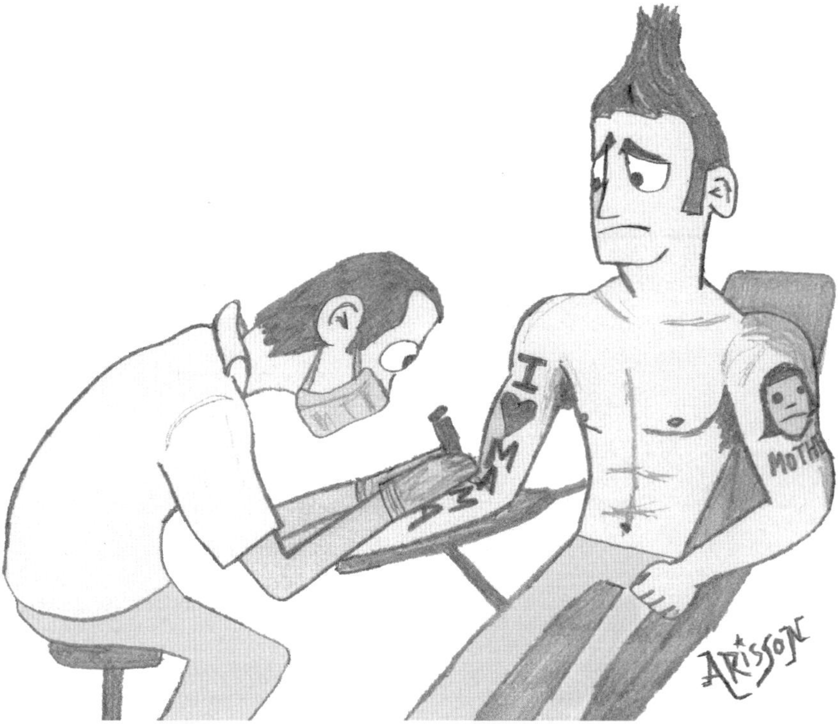
ARISSON

ACORRENTADO

RENATO ABRIU SEU E-MAIL e deu de cara com aquela mensagem intrigante. Só percebeu o presente grego na penúltima linha. Era tarde demais para descartar. Lá estava ele furioso por cair em mais uma corrente.

O relógio o fez esquecer o fato renegado. Eram dezoito horas. Desligou o computador e saiu sem olhar para trás. Sexta-feira representa a Lei da Abolição para um funcionário de múltiplas funções como Renato. Estava livre das correntes que prendiam seu pulso ao escritório, pelo menos por dois dias.

A programação era a de todo fim de semana. Veio à mente a frase do e-mail enquanto se arrumava para mais uma noitada. “Envie essa mensagem para cinco pessoas ou terá sete anos de azar em sua vida amorosa”. Nunca passou uma corrente para frente e até agora nada o abalara. Uma vez, no seu aposentado Orkut, leu uma mensagem que dizia: “Envie para dez amigos e tenha sucesso na vida financeira”. Seria simples assim uma restauração e amplificação da conta bancária? Dez e-mails na caixa de saída substituiriam os anos de luta na faculdade e os cinco anos de carteira assinada.

O reflexo no espelho o abalou. Aquela anomalia alojada na testa não estava em seus planos. Era o que ele chamava de espinha-dinamite: não futuque, pois pode explodir a qualquer momento. Calma. Pense bem. A carona já estava a caminho e ele só tinha cerca de cinco minutos. Maldita corrente. Um arrependimento preeminente. Aqueles cinco e-mails agora pesavam.

Os amigos riram do penteado meio *emo*, mas certamente seria pior se vissem a mutação escondida pelo cabelo lambido. À noite, apesar de ser uma criança, não foi dormir cedo nesse dia. Foi nesse dia que Renato conheceu a Amanda, com quem se casou dois anos depois. Apesar de trocar as noites de gandaia por noites em claro ninando a filha que tiveram, ele não se arrepende de não ter enviado aqueles cinco e-mails. Na verdade, os sete anos de azar foram maravilhosos para o pai exemplar. Hoje, Renato só não se perdoa pelos zeros que perdeu no seu contracheque por conta dos dez e-mails não passados para frente. O "sucesso na vida financeira" faz uma falta na hora do aperto!

Não gostou deste texto? Percebeu que faltam poucas páginas para acabar e está pensando em desistir de ler o livro até o fim? Leia e divulgue para dez amigos. Garanto que terá momentos de lazer. Se você não ler...

Você quem sabe. É melhor não arriscar.

TIOZÃO

Se for levar ao pé da letra, uma pessoa de 20 anos já é meio-quarentão. As crianças gritam "Ei, tio!" e só percebe que não é direcionado a você depois de olhar com naturalidade. Frases como "na minha época" e "bons tempos aqueles" já viraram jargões do seu vocabulário limitado. Os sintomas ficam cada vez mais nítidos e frequentes. Não existe retrocesso. É um caminho sem volta e inevitável. Um dia você também irá parar e perceber que está ficando velho. Não tenha dúvidas.

O número de idosos precoces só aumenta. Somos cada vez mais perceptíveis e populares. Jovens consumidos pelo trabalho, pelos estudos, pela família não planejada ou até mesmo pela ausência de tudo isso. Você não corre mais aqueles cinco quilômetros básicos se não for fugindo de algo muito assustador. A falta de qualidade de vida nos faz esquecer coisas cruciais para manter a juventude. Viramos velhos. Nascem novos jovens velhos.

Lembro-me como se fosse ontem, o que certamente é uma utopia que contradiz as leis da Física. Eu ouvia *É o Tchan* sem observar a imoralidade contida nas letras. Sonhava em ser grande, mas nem imaginava chegar a um metro e noventa. Queria um cão que falasse português, estilo o Scoob Doo, mas o máximo que minha cadelinha fala é "latino". Conheci a Mônica e o Cebolinha quando ainda eram moleques. O tempo voa. Agora eles são adolescentes e o Cascão até toma banho. Sou da época em que fita cassete era tecnologia de ponta e responsabilidade era ter um Tamagochi. É... Bons tempos aqueles.

CAPETALISMO

Já percebeu que toda sua história e seus objetivos se moldam por um motivo específico? O trabalho, os estudos, o lazer... Tudo envolve um papelzinho bendito. O dinheiro move a economia e a economia movimentava aquela vida inerte.

Uma voz disse próxima ao ouvido que não era seu coração que pulsava o necessário para mantê-lo de pé. Sua carteira assumiu essa função de órgão da vida, administrando sentimentos e decisões. O vazio que sentia não existia mais. Um cartão de plástico completou-o com coisas supérfluas.

A voz novamente falou ao ouvido. Seria possível comprar o amor? Saiu com a chave do seu carro exposta. Além de usá-la no veículo, aquele acessório abria corações. Um amor genérico para um romântico genérico.

Ao seu redor, milhares de pessoas felizes. Todos se divertiam e se esbaldavam. A voz agora saía de suas bocas. Apontavam a direção a seguir. Diziam quanto custava a felicidade. Sorrisos falsos e comprados, mas amizades fiéis que durariam enquanto a sua conta bancasse.

Mas, ao contrário do que o mundo revela, a felicidade não está numa nota de cem e nem no que ela pode te proporcionar. Não dá para comprá-la em um supermercado, nem sequer solicitá-la pelo Mercado Livre. Mesmo que atualmente tenha se desvalorizado diante do capitalismo e despencado na bolsa de valores, a felicidade nunca será privatizada. Ninguém pode limitá-lo ao mérito de infeliz. Ninguém pode ditar o momento em que você deve encontrá-la. Nessa procura, nem um site de busca da internet lhe ajudará.

O que faz você feliz? Não confunda desejo com sonhos. Não veja o prazer como felicidade. Pode durar uma vida inteira, mas encontrará se procurar no lugar certo. Nas pequenas coisas do mundo. Nas coisas que transformam a nota de cem em um simples pedaço de papel.

Foi então que ele descobriu a verdadeira felicidade fora daquela caverna que chamava de mundo. A voz que o induzia a seguir pelo caminho errado não se calou, mas não o influenciava com vigor. O coração bateu mais forte, assumindo a função roubada pelas normas capitalistas. A lei não era mais comprar ou gastar. A regra agora era viver.

$
ARISSON

FUMOCÍDIO

SENTADO NA PRAÇA, buscava um álibi no meio da metrópole que vivia. Um instante para puxar o ar e mergulhar novamente na rotina do trabalho. Momento que foi interrompido pela fumaça penetrando o meu sistema respiratório. Engasguei e tossi na esperança de retirar do pulmão o que invadiu sem pedir licença:

– Amigo. Desculpa aí, mas o espaço para fumantes é ali na frente – disse ao senhor que se sentou do meu lado no banco.

Pior que um funkeiro ouvindo música no celular sem fone de ouvido é um fumante mal-educado. Eu tentei manter o grau de educação da conversa:

– Senhor. O espaço para fumante é...

– Os incomodados que se retirem!

Além de me interromper e responder com grosseria, é perceptível que agora as baforadas seguiam uma direção que me afetava bem mais por pura insinuação. Não discordo do direito dele de fumar, mas ele não respeitava a minha posição de não fumante, compartilhando comigo cada tragada.

O que ele não sabia é que quem ataca sempre recebe resposta. É a lei da guerra. Eu apenas relaxei com um sorriso bobo. Pela cara de nojo e espanto dele, o golpe foi certeiro:

– Mas que cheiro horrível é esse?

Olhei com uma cara cheia de cinismo e dei uma resposta repleta de ironia:

– Ah, perdão. É que eu comi um sanduíche na rodoviária que não me fez bem.

O homem ficou vermelho e era possível ver a fúria estampada em sua testa. Ele se levantou e respirou como se fosse explodir a qualquer momento:

– Não importa o que você comeu! Você está em um local público e tem de respeitar o nariz dos outros! Tenha educação!

Cheguei ao ponto que queria. Paguei na mesma moeda. Eu olhei para o cigarro e depois para ele. A crítica estava firmada. O homem tacou o cigarro no chão, pisou nele com brutalidade e saiu.

Olhei para o relógio e vi que tinha quinze minutos antes de voltar para a luta diária. Vitorioso, abandonei a praça em busca de um trono para um rei da razão. Aquele sanduíche da rodoviária realmente não me fez bem.

BUUUM!
ARISSON

TRANSITONIA

Estava sentado, mas isso não o tranquilizava. Talvez fosse mais produtivo permanecer no trabalho. Aumentou o rádio para abafar as buzinas. Acompanhou o ritmo da música batendo no volante. O carro da frente apagou a luz de freio e a sensação era que a fila de automóveis finalmente se moveria, mas a frustração ao vê-la acender de novo foi um sinal de paranoia. Nada se movera. Olhou para o relógio e percebeu que o tempo também enganava. Aqueles cinco minutos foram vivenciados intensamente. Surtos a cada leve piscada dos dois pontos que separavam horas dos minutos.

O carro provocava claustrofobia. Abriu a janela utilizando um dos botões do painel. Até o som do vidro descendo o incomodava. Por alguns instantes, sentiu inveja do direito de ir e vir praticado pelos pedestres na calçada. Voltou a si quando o carro da frente saiu do estado vegetativo, percorrendo um curto trecho em uma velocidade quase impercebível.

A única pessoa que o acompanhava naquela labuta diária se foi. O locutor da rádio se despediu e disse o nome da última música a ser tocada, mas ele não reparou. A melodia produzida por uma guitarra foi o que o prendeu naquela frequência desconhecida. A canção merecia volume máximo, que foi concedido por meio de outro botão do painel. Começou a cantar, mesmo sem saber a letra ou dominar bem o inglês. A timidez atacou quando viu que uma mulher no carro ao lado o observava. Seu lado racional o fez se contentar com uma espécie de dublagem e se concentrar no volante. Olhou discretamente para a moça e viu que ela também cantarolava a canção. O sorriso ocupava metade do seu rosto. O refrão ele conhecia bem:

– *Sunday, bloody sundaaaay*!

O estresse do trânsito era descarregado pelo grito ritmado. A postura de pai de família se desfez. Cantava como se estivesse no chuveiro. As buzinas agora seguiam a melodia. O caminhoneiro a utilizava com perfeição enquanto agitava a cabeça. No ônibus lotado, a vergonha de se expor ainda dominava. Alguns sussurravam e outros se permitiam cantarolar, omitindo a voz pelo barulho do motor. O sorriso do cobrador ao reconhecer a música deixava o ar mais descontraído para os mais tímidos.

– *Oh, let's go*! – gritou o motorista.

O motoboy cortou o trânsito atingindo alguns retrovisores, mas em sua breve passagem movimentou a cabeça protegida pelo capacete. Talvez, se não fosse pela entrega que tinha de fazer, ele tivesse parado e curtido um pouco mais o som do U2.

O volume foi baixando, mesmo sem apertar algum botão do painel. Aquela música finita deu espaço às buzinas. A faixa do lado começou a andar e a mulher sumiu com o seu carro no meio do trânsito. No relógio, mais cinco minutos. Na rádio, apenas a *Voz do Brasil*.

AS CHAVES

Eu fiz as escolhas. Optei pelo caminho mais longo. Resta-me apenas prosseguir em minha jornada rumo ao incerto. Nada adianta reclamar ou criticar. Não há um botão de *reset* que te faz voltar ao início e jogar de novo. Não há como abortar a missão. A solução é simplesmente assumir a causa e sua parcela de culpa. Missão dada é missão cumprida.

As pessoas se perdem na hora de definir o que é obstáculo e o que é barreira. Acabam não percebendo que não existem defeitos. As pessoas têm características, não falhas. Afinal, somos produções bem-calculadas e definidas pela natureza.

Temos uma visão deturpada de vida. Criamos padrões baseando-nos em imagens supérfluas. Não percebemos a beleza existente no não convencional. O simples está fora de moda.

Preocupam-se por não ter a chave e reclamam da altura do muro, mas não percebem que basta apenas girar a maçaneta e enfrentar o inesperado, que se esconde atrás da porta.

O HOMEM DA CASA

SILVANO ACORDOU DESORIENTADO com os gritos da mulher:

– O que foi isso, Silvano?

– Isso o quê, mulher. Tá louca, é?

– Não. Eu ouvi um barulho.

O marido foi se virando, na busca de retornar ao mesmo sonho interrompido.

– Não acredito, Silvano! Você vai voltar a dormir depois de um barulho desses? Levanta e vai lá ver o que é! Você é o homem da casa, lembra?

A mulher tocou no ponto fraco masculino. Ele se levantou resmungando e colocou a primeira sandália que encontrou. A Melissa não é tão confortável quanto o seu chinelo velho, mas deu para o gasto.

Desceu as escadas da casa meio sem destino. Pensou em ir ao banheiro e voltar só para disfarçar, mas um barulho o fez parar no meio do percurso. O som veio da cozinha.

– Quem está aí?

Era óbvio que a resposta seria o silêncio. Pegou um livro na estante e caminhou no escuro a passos silenciosos. Encostou-se na parede ao lado da entrada da cozinha. Era a parte do filme que se preparava para o susto. O mais sensato seria correr de volta para o quarto, trancar a porta e ligar para a polícia. Ainda parado e em silêncio, desistiu do plano. Era o homem da casa. Não podia deixar alguma ameaça rondar o seu lar com tranquilidade. Não interessava quem ou quantos. O importante era exterminar aquela anomalia noturna.

O barulho continuava firme. Alguém estava derrubando as panelas e os utensílios. Precisava de um plano estratégico. Um livro, mesmo em se tratando de uma enciclopédia, não o protegeria do risco iminente de entrar naquele cômodo. Os cálculos foram feitos enquanto tentava manter a respiração. Entrar, acender a luz e atacar a primeira coisa que visse pela frente. Puxou o ar e se posicionou para iniciar o plano maluco. Mais um barulho forte, dessa vez foi bem mais próximo da parede que o escondia. O medo o imobilizou. Não conseguia sequer correr para o quarto, trancar as portas e ligar para a polícia, como ficou propenso.

Outros sons embaralhavam seu raciocínio lógico. O barulho do arrastar de chinela que vinha das escadas mostrava que o seu maior bem estava em perigo. Sua mulher não resistiu à curiosidade e se aproximava do local. Silvano fechou os olhos e sussurrou ofegante:

– Eu sou o homem da casa. Eu sou o homem da casa.

Após a autoterapia, ele abriu os olhos. O rosto furioso lembrava o Chuck Norris. Nada o intimidava. Entrou na cozinha e pôs a mão no interruptor.

– Seja quem for, é bom que saia da minha cozinha agora, pois o homem da casa chegou.

Ao acender a luz, um susto. Encarou em silêncio o invasor noturno. Por essa o homem da casa não esperava:

– Silvano? Silvano? Está tudo bem? – indagava a esposa.

O silêncio permaneceu intacto. Ela foi se aproximando da porta da cozinha. O arrastar da chinela denunciava seu trajeto.

– Silvano?

Em resposta ao chamado, foi atropelada pelo marido que corria em pânico:

– Um raaaaaaaaaaaaaaaaato!

O homem da casa subiu as escadas, trancou a porta e fez uma ligação ensaiada:

– Alô? É da polícia? Tem um invasor na minha casa. É, isso mesmo. Um rato!

O PREVISOR

ACORDEI CEDO E LEVANTEI DA CAMA, desrespeitando os pedidos da minha mente de permanecer imóvel embaixo do edredom. A luta contra o sono não terminou nem depois do banho. Saí agasalhado, caminhando feito um zumbi, até a parada de ônibus. O veículo passou e só pude perceber o itinerário que, por coincidência, era exatamente o que eu desejava pegar. Aguardei o seguinte e aproveitei cada momento da viagem com a cabeça apoiada no vidro da janela. Não babei, mas fiquei com uma cara amassada que lembrava o Balboa após as lutas nos filmes.

Minha consciência vencia o sono e me fazia caminhar mais apressado por conta do atraso. Tentei passar o cartão estudantil do ônibus na catraca ao entrar na faculdade e, depois de uns instantes resmungando, percebi que não era a carteirinha da instituição.

– Putz! São tão parecidos que acabei confundindo! – dizia enquanto mostrava para o porteiro o cartão laranja que confundi com um amarelo.

O funcionário apenas me olhou sério e continuou o seu serviço enquanto eu saía desconcertado. Não havia mais uma pressão por conta da hora. Uma amiga da turma já tinha me alertado na entrada sobre a ausência da professora:

– Pois é, né... Com a saúde não se brinca – disse minha amiga. – Doença chega a qualquer hora e para qualquer um. Não dá pra prever.

Não dá para prever? E por que a ciência não faz nada contra isso? Criaram ônibus espaciais, previsores climáticos e até uma vacina contra o H1N1. O que é um simples previsor de saúde do lado disso? Seria tão mais fácil para nós, caros leigos, se um aparelho no pulso avisasse quando iríamos ficar doentes:

– Alô? Oi, Maria. Não é nada sério, não. Liguei só pra avisar que amanhã eu não vou trabalhar. Acabei de ver aqui. Vou estar com febre, ok? Avisa a galera aí.

Ou então serviria simplesmente para fins socialmente democráticos:

– E então, meu chuchuzinho? O que acha de aproveitarmos essa noite e brincarmos um pouquinho, hein?

– Ah não, amor. Meu previsor já está avisando. Essa noite eu vou estar com aquela dorzinha de cabeça de sempre. E falando nisso, é bom adiarmos as férias na praia para o mês seguinte, pois vou ter uns problemas com minha gastrite, segundo o previsor.

Uma grande inovação tecnológica que se transformaria em um marco do século vigente. Melhoraria em 60% o nosso sistema de saúde precário. As pessoas chegariam tranquilas no hospital, pegariam uma senha e chegariam felizes após duas horas de espera:

– Oi, doutor, beleza? Segunda vou ter aquela dor na perna de novo e queria já pegar o atestado, pois amanhã é domingo. Sabe como é, né? É péssimo de ônibus.

– Sim. Entendo – responde o médico sem nem olhar para o paciente, que nesse caso é realmente paciente –, aqui está o atestado e a receita.

– Obrigado, doutor. Até a próxima, hein!

– Até.

O hospital seria um local mais feliz com várias crianças correndo pelo corredor com um previsor no pulso, um modelo especial para a molecada no formato do relógio do Ben 10. Seria tão eficaz! Pelo menos para mim seria.

Agora deixa eu ir logo para o laboratório fazer trabalho de faculdade, pois acabei de ver no meu previsor que isso vai me dar uma dor de cabeça imensa.

COINCIDÊNCIAS OU COM INCIDÊNCIAS?

A PROBABILIDADE de que aconteça é mísera, mas inevitavelmente acontece. Você pode dar a volta no quarteirão, se disfarçar e se misturar na multidão, porém, se for para encontrar alguém, não há como escapar:

– Renan? Pensei que você estava doente.

A resposta não vem à mente nesse momento de aflição:

– Eu?

Foi o máximo que você pôde espremer da cuca pressionada contra a parede:

– É. Disseram-me que você não ia à minha aula hoje porque estava doente.

Pitstop e concentração inexistente para o momento. Qualquer resposta pode ser inapropriada para aquele professor exigente. Principalmente em se tratando de um dia de entrega de trabalho. Como as notas anteriores não suspendem a preocupação, todo cuidado é pouco.

– Na verdade, não era eu quem estava doente, professor. Era a minha mãe. Moramos só nós dois e fiquei cuidando dela.

– Nossa. E ela já está melhor?

– Não. Tá bem difícil pra ela, professor – disse com os olhos cheios de "lágrimas de crocodilo".

– E você a deixou sozinha?

Tentou alcançar a solução, mas as pernas curtas da mentira interceptaram. Esticou-se e puxou a primeira coisa que viu ao alcance nesse jogo da farsa.

– Pois é, professor. Precisei me ausentar pra comprar um remédio para ela. Saí da loja agorinha.

– Não é por nada não, mas te vi saindo daquela *sexshop*, caro rapaz.

– Pra você ver como essa doença da minha mãe está me deixando maluco. Tô tão tenso que confundi a loja.

Parece que ele acreditou nessa farsa adornada com sentimentos e interpretações.

– Sei como é. Vamos lá. Eu te acompanho.

– Precisa não, professor.

– Renan, não vou te abandonar nessa hora difícil. Vamos. Eu vou contigo e te dou uma carona até a sua casa.

Só te restou confirmar e caminhar em direção à farmácia. No balcão, um senhor desatento se assustou com a entrada dos dois clientes.

– Olá, em que posso ajudar?

– Oi, eu quero um...

Silêncio profano e derrubador de máscaras. Não sabia o nome de nenhum remédio em especial.

– Eu quero um... Eu quero, hã, aquele remédio.

O velho olhou assustado:

– Aquele remédio?

– Isso mesmo. Aquele remédio.

O velho ficou pensativo e, do nada, deu um grito de satisfação:

– Ah, entendi. Aquele remédio, né? Vou buscar.

O senhor saiu apressado e seu telefone tocou. Do outro lado da linha uma voz sensual. A moça carente perguntou onde o Renanzinho dela estava e a resposta certamente não manteria a estrutura falsa que construiu diante do professor.

– Oi. Tô comprando aqui o seu remédio.

A afirmação agradou aos dois. O senhor voltou com uma sacola que o rapaz fez questão de levar para o caixa sem abrir.

– Não vai nem conferir? – perguntou o mestre acadêmico preocupado.

– Não precisa. Eu sempre venho aqui. Temos convênio com essa farmácia.

– Ah. Isso explica por que você vem numa drogaria tão longe da sua casa.

Novamente o domínio da situação estava nas mãos daquele universitário sem escrúpulos. Renan entrou no carro do professor e só então se deu conta do próximo desafio para manter aquele universo paralelo.

– Você mora nessa casa, né? – interrogou o professor.

– Isso!

Ao descer do carro e ver que o professor também saía, o jovem se viu num beco sem saída. Não existia uma mãe naquela casa. Na verdade, morava de aluguel nos fundos daquela residência. Morava só, mas sabia que a namorada estava esperando sua chegada. As pernas curtas da mentira atrofiavam a cada passo.

– Renan! Tava querendo falar contigo mesmo! Quero o que está me devendo! – gritou uma velha de dentro da casa.

O professor olhou assustado enquanto se despedia:

– Quem é ela?

– É minha mãe. Já volto, vou só entregar o remédio dela.

Renan correu entrando na casa sem dar espaço para indagações do professor. A velha o esperava na janela:

– E então, senhor Renan, estou esperando o dinheiro do aluguel.

Não dava tempo de inventar mais uma mentira. O jeito

era improvisar:

– Desculpa, Dona Marta. Amanhã eu entrego. Pode até ficar com isso aqui para compensar o atraso.

– Mas o que é isso?

– Um presente – disse já voltando para falar com o mestre acadêmico.

– Renan!

Não era a senhora quem pronunciara seu nome. A voz era doce como a de uma criança pedindo algo:

– Juliana?

– Eu estava te esperando.

– Ju, daqui a pouco eu falo contigo. Trouxe uma coisa pra gente. Entra lá que eu só vou falar com o meu professor.

A segunda sacola partiu com a moça pelo corredor lateral que dava acesso à casa dos fundos. O professor o aguardava com uma cara de comovido.

– Desculpa te fazer esperar, professor.

– Tudo bem, rapaz. Não se preocupe. Eu que tenho que pedir desculpas.

– Como é que é?

– Estou um pouco constrangido de ter te julgado. Você passando por essa fase difícil e eu assumo que pensei que tivesse mentido quando te vi sair de uma *sexshop*. Peço perdão.

– Tranquilo, professor. Sem problemas. Eu só queria pedir uma coisa.

– Pode pedir.

– Eu posso entregar o trabalho semana que vem? Sabe como é, né? Tô passando por uma fase complicada.

– Perdão, mas de que trabalho você está falando?

– Do que era pra entregar hoje.

– Hoje? Eu passei um trabalho, mas só pra semana que vem.

– Sério?

– Sim. Mas não se preocupe. Hoje não teve nada de muito importante na aula.

– Bom saber – disse Renan com uma cara de frustração.

O professor foi embora em seu carro, mas Renan permaneceu parado na calçada. Buscava uma explicação, mas se perdia ao tentar concluir. Ao passar perto da janela, viu Dona Marta com um sorriso assanhado na cara, que substituiu a antiga cara de cobrança. Sem entender bem o porquê, entrou em casa e, antes que dissesse alguma coisa, Juliana lhe contou a principal manchete do dia:

– Amor! Eu fiz o teste de gravidez que você me entregou. Deu positivo.

Renan sentou-se na cama e até pensou em correr da verdade, mas as pernas curtas da mentira não o permitiam fugir daquela realidade.

Me Chute!
ARISSON